長編旅情推理

黒部川殺人事件

立山アルペンルート

梓　林太郎

祥伝社文庫

徳川時代の宗教

ロバート・N・ベラー

岩波書店

目次

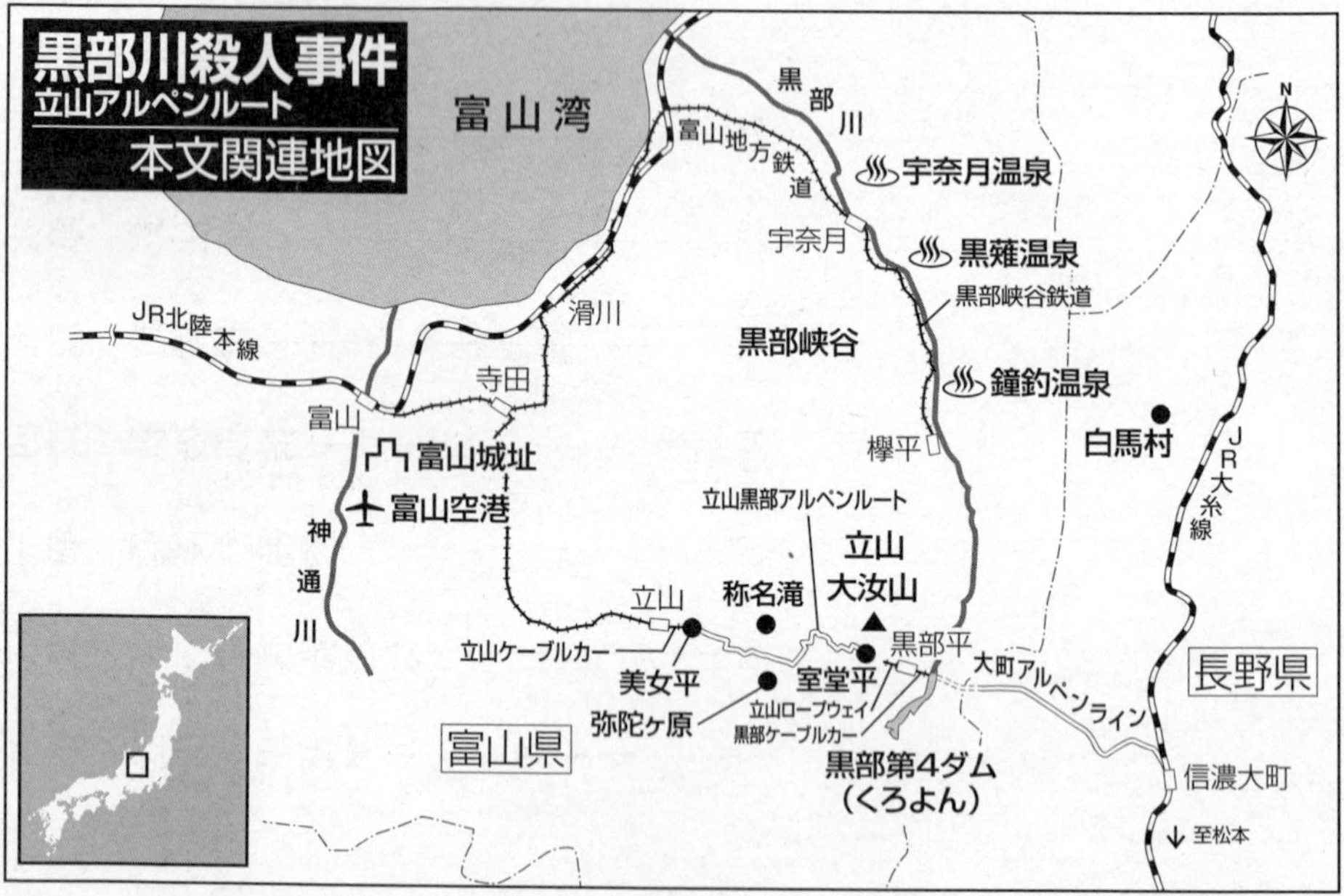
黒部川殺人事件
立山アルペンルート
本文関連地図
富山湾
黒部川
富山地方鉄道
宇奈月温泉
宇奈月
黒薙温泉
黒部峡谷鉄道
黒部峡谷
鐘釣温泉
欅平
白馬村
JR大糸線
JR北陸本線
滑川
寺田
富山
富山城址
富山空港
神通川
立山黒部アルペンルート
立山
大汝山
称名滝
立山
黒部平
立山ケーブルカー
美女平
室堂平
弥陀ヶ原
立山ロープウェイ
黒部ケーブルカー
大町アルペンライン
長野県
富山県
黒部第4ダム
(くろよん)
信濃大町
至松本
N

一章　立山《たてやま》・黒部《くろべ》アルペンルート

1

「わたしは黒部峡谷《くろべきょうこく》を、日本屈指の自然の彫刻と呼んでいます。そこと宇奈月《うなづき》をわたしは、週に五日、往復しています」

という富山県黒部市宇奈月温泉に住む女性からの手紙が、「女性サンデー」編集部経由で茶屋次郎《ちゃやじろう》事務所へまわってきた。近年、めっきり少なくなった手書きだ。薄緑色の縦罫《たてけい》の便箋《びんせん》に、細いペンの楷書《かいしょ》のきれいな文字が並んでいる。

それには、茶屋の書く「名川《めいせん》シリーズ」を毎度読んでいる者だが、次回はぜひとも黒部川を書いてもらえないか、と結んであった。

おりしもその日、朝日新聞にはこのような記事が載っていた。

［「黒部ダム」着工50年

黒四（くろよん）の愛称で親しまれる黒部ダム（富山県立山町《たてやま》）と黒部川第四発電所（同黒部市）が着工から50年を迎えた。高度成長期の一九五〇年代の電力不足の解消を狙い、関西電力が手がけた巨大プロジェクト。水力発電は「自然を破壊する」との批判の一方、二酸化炭素を出さないエネルギー源として再評価の機運もあるが、「くろよん」はその象徴でもある。

56年に着工し、完成は7年後の63年。ダムの高さは50階建ての高層ビルより高い186メートルで、工事には延べ1千万人が投入された。総工費513億円は当時の関電の年間電気収入の約半分にあたり、現在の貨幣価値だと1兆円を越えるという。

四つの水車を回転させて計33万5千キロワットの電力を生む。1基で100万キロワット以上発電できる原子力発電より規模は小さいが、需要に応じてきめ細《こま》かく電力を供給できる］

「黒部川か」

茶屋が椅子の背に反《そ》ってつぶやいたところへ、女性サンデー編集長の牧村博也《まきむらひろや》が電話をよこした。

「黒部市の人からの手紙、お読みになりましたか？」

「ああ」

「きれいな字を書く女性ですが、何歳ぐらいでしょうね？」

「縦書き、便箋、万年筆……。そうだね、少なくとも三十代半ば、いや、四十代かな」

「名前も、ちょっと古風ですね」

手紙の差出人は、美池須笑子とある。たぶん「みいけすえこ」と読むのだろう。

この人は、週に五日、黒部峡谷と宇奈月の間を往復していると書いている。地元の人が観光で週に五日も往き来《い》するとは思えない。

「観光ガイドじゃないでしょうか？」

「そうかな？」

茶屋は首を傾《かし》げた。

「先生は、山に登ったことがありましたね？」

「一度しか登ったことがないような訊《き》きかたをしないでくれ」

「そうでした。まだ旅行作家とはいわれないころ、山歩きの紀行文を、山や旅の情報誌に、投稿していた時代があったんでしたね」

たしかにそのとおりだが、牧村にいわれると、素直に、そうだったと肯定《こうてい》したくない。

「なにをいいたいんだね？」

「その女性の手紙を見て、次回の名川シリーズ探訪は、山岳描写をたっぷり入れることのできる、黒部川だと思いついたんです」

「川沿いだけじゃなくて、登山経験のある私に、山を歩けっていいたいんだね」

「どうですか、時季もいいことだし、黒部川を遡《さかのぼ》るか、下るかしてみては？」

「ほかの川とちがって黒部川を、遡るか、下るかなんて、簡単にいわないでくれ」

「どうしてですか？」

「黒部川はだね、八割がたが立山連峰と後《うしろ》立山連峰にはさまれていて、中流域や下流域がきわめて少ないんだ。黒部川と聞いたら誰もが、秘境の黒部峡谷を想像する」

「さすがは、よくご存じ。日本一の秘境です。愛読者の希望に応えて、今回は、黒部川、黒部川」

「秘境には、人が住んでいないんだよ。足がすくむような険《けわ》しい谷沿いを、ただ歩いてみろっていうのか？」

「先生は黒部へ、もう何年もいってないでしょ？」

「ない」

「立山・黒部アルペンルート。それから黒部峡谷鉄道。いわゆるトロッコ列車です。夏から秋にかけて、全国から秘境を見に観光客が、どっと押し寄せる一大ブームになっているんです」

「それぐらいは知っている。あんたは、いったことがあるのか？」

「四、五年前に」

「トロッコ列車に乗ったか？」

「ええ。宇奈月駅では、それに乗る人たちの長い列ができていました。いま思うと、名川シリーズでなぜもっと早く、黒部川をやらなかったのかが、不思議なくらいです。つまりは茶屋先生が気づかなかったか、あるいは、黒部川には触れたくない理由があるから、四万十《まんと》川《し》へいったり、筑後《ちくご》川へいったり……。黒部へは近寄らず、離れよう、離れようとしていた……」

牧村は喋《しやべ》りつづけていた。茶屋は返事をせず、そっと受話器を置いた。牧村は、電話を切られたのに気づかず、二分や三分は、熱に浮かされたように唾《つば》を飛ばして話しているだろう。

「黒部川か」

茶屋はまたつぶやき、取材用につくってある地図を広げた。

旅行作家の茶屋は、日に何度か地図と向き合っているが、あらためて太字の「富山県」を見ると、黒部川、常願寺《じようがんじ》川、神通《じんづう》川、庄《しよう》川、小矢部《おやべ》川が、すべて豊饒《ほうじよう》の海の呼び声高い富山湾に注がれているのだった。

今回「女性サンデー」に「名川シリーズ」として連載する「川」を、黒部川に決めたからといって、彼はすぐに取材旅行に出るわけにはいかなかった。

彼は、新聞、週刊誌、月刊誌から依頼された旅のエッセイ執筆の仕事を抱えていて、毎日のように、これらへの原稿締切りに追われている。一日か二日は徹夜して、予定どおり筆がすすめば、十月初めには取材旅行に出発できるだろう。

茶屋次郎事務所は、渋谷《しぶや》駅にほど近い目抜き通りのビルにある。窓の下の歩道は深夜まで人の流れが絶えることがない。車はのろのろと緩《ゆる》い坂を上り下りしている。

事務所にはサヨコ――本名・江原小夜子《えばらさよこ》と、ハルマキ――本名・春川真紀《はるかわまき》の二人の秘書がいる。二人を三年前、同時に雇い入れた。だが、秘書と呼べる仕事をこなしているのはサヨコであって、ハルマキのほうはお手伝いといった恰好《かっこう》だ。

サヨコは、茶屋が各地を取材しやすいように、地理やその土地の名所、名産品を調べ、いつでも取り出せるようにパソコンに打ち込んでいる。彼の書いた原稿に、それら必要事項を足して、出版社なり新聞社なりに送信している。仕事に集中しているときは、何時間も口を利《き》かない。手だけがロボットのように、キーボードの上を泳いでいる。

そういうサヨコをハルマキは、無感興な目をして見ている。サヨコにいいつけられて、新聞記事を切り抜いたりしているが、それの整理方法を工夫したことはないらしい。

何日かおきに、茶屋とサヨコと、自分の昼食を、二時間もかけてつくることがある。近くのデパートの地下か、スーパーへ買い物に出掛けると、一時間半はもどってこない。茶屋はそれを注意したことがあるが、「急いでやることがないから」と、平然とした答えが返ってきた。

サヨコは二十五歳の花ざかり。身長は一六二センチで、スリム。タマゴ型の顔で、目鼻立ちのはっきり整った美人だ。一緒に歩いていると茶屋を憎にくしげににらむ男がいる。彼女を振り向いて、しばらく動かなくなる男が何人もいる。車を運転していて彼女を認め、急ブレーキを踏む男も少なくない。

ハルマキは、サヨコより一つ下。肌は雪のように白く、頰《ほお》はふっくらしていて、目はいつも眠そうである。

「先生。きょうのお昼は、おでんに焼いたお餅《もち》を入れようと思いますけど、お餅、いくつ食べますか？」

午前十時をすぎたばかりだというのに、ハルマキはもう昼食の心配だ。

「わたしは、三つ」

茶屋より先に、サヨコがいった。

茶屋は地図から目をはなさず、

「いままでに読者から、黒部川を書けという希望があったか？」

と、サヨコに訊いた。

「ありましたよ、何件かは」

彼女は、読者からのリクエストのリストをつくっている。

ちなみに、茶屋が「名川シリーズ」に書いていないうち最もリクエストの多いのは「釧《くし》路《ろ》川」。つづくのは「奥入瀬《おいらせ》川」だという。

『女性サンデー』の編集部から、黒部川をという意見を、いままで聞いたことはなかった」

「それは、意外ですね」

彼女は、いずれ黒部川探訪をするものと予測し、簡単な資料を備えているという。

［流路延長約八五キロメートルで、日本屈指の急流。源流は富山、長野県境の北アルプス・鷲羽岳《わしばだけ》（二九二四・二メートル）の中腹。薬師《やくし》岳、赤牛《あかうし》岳の深い谷を削《けず》って、上、中流は立山連峰と後立山連峰に囲まれ、宇奈月温泉を経《へ》て、黒部市と入善《にゆうぜん》町の境《さかい》となって日本海に注いでいる。流域面積六八二平方キロのうち、約八〇パーセントが山岳地で、下流は面積約一二〇平方キロにおよぶ、日本一広い扇状《せんじよう》地を形成している。

途中、上級アルピニスト以外は立ち入ることのできないV字峡の「上《かみ》の廊下」を経て、黒部ダムのある黒部湖にいたる。その後、白竜峡《はくりゆうきよう》、十字峡《じゆうじきよう》などのつづく「下《しも》の廊下」から、黒部峡谷鉄道終点の欅平《けやきだいら》へ］

茶屋はもう一度、美池須笑子からの手紙を封筒から取り出した。

「なにをしている人だと思う？」

サヨコとハルマキに訊いた。

「週のうち五日、往復。……黒部峡谷鉄道の運転手」

サヨコだ。彼女は三年前にトロッコ列車に乗って欅平を往復したという。

「鉄道の駅に勤めている人かな？」

茶屋は、吹きさらしの車両を思い出した。

「タクシーの運転手さんじゃないかしら？」

ハルマキだ。

「おバカ。黒部峡谷には、車が通れるような道路はないの」

ハルマキは、黒部峡谷も黒部ダムも知らないという。

サヨコは、深い谷の黒薙《くろなぎ》川鉄橋を渡る列車の写真をハルマキに見せた。

「へーえ。模型みたい」

「そう、小さいのよ。線路の幅は、新幹線の半分ぐらい」

「うわあ、面白そう。先生は今度、これに乗りにいくんですか？」

ハルマキは、遊園地を想像しているようである。

2

茶屋は、ＪＲ特急「あずさ3号」に乗っている。

きょうは十月五日。この列車は七時三十分に新宿を発《た》った。東京の空は薄墨を広げたような色をしていた。長野県方面は雨という予報で、この旅が天候に恵まれるかどうかが不安だった。

きれいな字の手紙をくれた美池須笑子には、六日には黒部市へゆく予定という手紙を送っておいた。それにはケータイの番号を書き添えた。彼と会うか、会話をする意志のある人なら連絡をよこしそうな気がする。

きのうは、午後四時に仕事を終えた。原稿はすべて締切りに間に合わせることができた。

彼は原稿をいまもペンで書いている。それをサヨコが一読し、不適切な文章を直し、あらかじめ備えているデータを加えてパソコンに打ち込む。手直しと最終チェックは茶屋がやる。

彼は六時に事務所を出て、目黒《めぐろ》の自宅で旅装をととのえるつもりでいたのだが、サヨコとハルマキがそれを阻《はば》んだ。

「これで、歓送会を、しっかりやれるね」

サヨコがパソコンの電源を切った。

ハルマキは三十分ほど前に洗い物を終え、サヨコが椅子を立つのを待っていた。

「さ、先生、早く上着を」

ハルマキがハンガーから茶屋のジャケットをはずした。

「どこへ行くんだ？」

「決まってるじゃない。いい取材ができますようにってお祈りしながら、おいしいものを食べるのよ」

サヨコだ。

「私は、早く帰って、旅行の支度《したく》をしなくちゃならないんだぞ」

「そんなこと、五分もあれば充分でしょ。馴《な》れてることなんだから」

サヨコとハルマキは、バッグを提《さ》げて足踏みをはじめた。

茶屋は、月に三、四回、歓送会とか、打ち上げだとかいわれ、いつの間にか二人に食事をさせるのがならわしになってしまった。

二人とも大女の部類ではないのに、胃袋だけは牛のごとく。そして酒の強さには舌を巻く。食事は道玄坂《どうげんざか》上の居酒屋と決まっているが、そこだけですんだことは一度もない。

二人の好物は共通していて、アワビの鉄板焼き、クルマエビの鬼殻《おにがら》焼き、カニの刺し身、ブタしゃぶ。ときにはフグちりである。健康のためと称して、野菜の炊《た》き合わせも忘れない。

若いわりに日本酒好きで、地酒の銘柄にも通じている。サヨコは最近、ワインの味を覚えたようで、日本酒を三、四本飲んだあと、白ワインを二杯飲《や》る。顔色は少しも変わらない。

いつも眠そうな目をしているハルマキだが、日本酒を二本ばかり空《あ》けたころから、ぱっちりとした目になり、瞳は輝きはじめる。

茶屋は二人を採用するさい、酒の強さのチェックにまでは気がまわらなかった。

「お腹いっぱい。先生、もうすすめないで」

ハルマキは丈《たけ》の短いシャツの腹をさすった。

「わたしも。小芋の煮付けが多かったみたい」

サヨコは胸を撫《な》でた。

茶屋は、一品もすすめた覚えはない。彼女らは勝手に注文し、皿を舐《な》めたように空にしたのである。彼が食べた物といったら、イカの丸焼きと、キュウリの浅漬けだけだった。

二人が特大の鬼殻焼きを二本食べるのを見ているうち、急に食欲が失《な》くなったのだ。

「あっそうだ。デザート、デザート」

サヨコがそういったところへ、

「遅くなって、すみません。出がけに、札幌《さっぽろ》のM子先生から電話が入って……。M子先生の電話、いつも長いんです」

といって、茶屋の横に座ったのは、牧村だった。

茶屋は呼んだ覚えがない。

そうか、サヨコが電話を掛けたのだ。

牧村のいう「M子先生」は、いまや飛ぶ鳥を落とす勢いの女流作家だ。四、五年前までは、実力派と呼ばれながら、ヒット作に恵まれなかった。それが東京から生まれ故郷の札幌へUターンし、『親殺し』を書いたとたんに、爆発的に本が売れ、各文芸出版社はあわてて札幌詣《もう》でをするようになった。売れっ子にはゴシップはつきもので、十五年間連れ添った夫と別居中という記事が、週刊誌に載《の》っている。

「まずはビールを」

牧村がいうと、デザートをオーダーするはずだったサヨコとハルマキは、あらたに白ワインを頼んだ。

「先生は？」

ハルマキだ。

「私は、これでいい」

茶屋は、底に渦巻きのあるぐい呑《の》みを取り上げた。

ビールとワインが運ばれてきた。

「では、茶屋次郎先生の、黒部川取材の成功を祈って、カンパイ」

牧村は上機嫌だ。

茶屋はしらじらしくなったが、酒を舐めた。牧村があらわれたからか、酒が苦《にが》くなった。

「先生、今回の取材は、お独りですか?」

牧村がささやくようにきいた。

「私は、いつも独りだ」

「よ、よくいいますね。前回の天竜川《てんりゅう》へは、お尻の恰好いい、おねえさんと一緒だったじゃないですか」

「そうだったか」

「ボケるには、まだ早いですよ。ぼくは、そのおねえさんとは一回も会っていませんが、どうしたんですか?」

山形県新庄《しんじょう》市からやってきた弥矢子《ややこ》のことである。

「目黒の弁当の店で働いている」

「目黒、っていうと、先生のお住まいとは……あっ、一緒に住んでるんですね?」

「勝手に決めないでくれ。彼女には、ちゃんとした住所がある」

「いまでも、ときどき会ってるんですね？」

「そんな話、ここでしないでくれ」

茶屋は、牧村の脇腹を突いた。

弥矢子とは十日おきぐらいに会っている。彼女は家庭的で、よく気がつく。茶屋の自宅とは歩いて十五、六分といったところのアパートにいるのだが、会うたびに、彼の部屋を掃除しにいくという。彼は住まいに他人を一切入れないことにしているので、それを断っている。最近は彼女にいわれて、クリーニング店に出す物だけは預けることにしている。ところが弥矢子は始末屋なのか、自分で洗える物は外へ出さない。クリーニング店が泣いて悔《くや》しがるほどきれいにアイロンで仕上げている。

弁当店に勤めているせいでもあろうが、料理も上手《うま》い。食材に関する知識も豊富である。もしも茶屋が、「一緒に暮らそう」といったら、躍り上がってよろこびそうだ。

「さあ、先生、そろそろ」

昼間は、けだるそうに動いているハルマキだが、夜がふけたのと、酒が入ったのとで、声までも別人のようである。たらふく食べて飲んだあとのお決まりは、カラオケスナックだ。

「リスボン」というその店には、ホステスが三人いるのだが、客の何人かが、サヨコとハルマキのファンである。なかにはサヨコかハルマキを、独り占《じ》めしたがる男もいる。スポンサーは茶屋なのに、男たちにとって彼は邪魔者のようだ。店の三人は、サヨコとハルマキを白い目で見るし、二人にちやほやする男たちにヤキモチを妬《や》く。「茶屋先生は、どうして独りで飲みにこないんですか？」と口元をゆがめる娘《コ》もいる。

リスボンの黒塗りのドアを開けたとたんに、

「サヨコさーん」

「ハルマキさーん」

と、左右から男の声が掛かった。

男たちの横についていた三人のホステスは、目尻を変化させて立ち上がった。茶屋の名を呼ぶ者は一人もいない。彼は、サヨコとハルマキを牧村に預けて帰りたかった。

が、牧村は一時間もすると、三人のうちでは最も肉づきのいい娘の腿《もも》に手を置いて、眠ってしまった。その彼をタクシーに押し込んだのが十一時半。

茶屋は、サヨコとハルマキの歌に聴き飽きたし、悪酔いした。自宅に着いたときはとうに日付けが変わっていた――。

彼は、「松本《まつもと》」の車内アナウンスをきいて目を覚ました。八王子《はちおうじ》に着く前に眠り込んだようだ。夢の中で、サヨコとハルマキが歌っていた。だから彼は、昨夜からずっとリスボンに居つづけている気分だった。

新宿を出たときはほぼ満席だった乗客は、半数ぐらいに減った。松本で降りた人が多い。そのうちの大半が、上高地《かみこうち》か、乗鞍《のりくら》か、奥飛騨《おくひだ》温泉郷への観光だろう。

車窓には安曇野《あずみの》が広がった。民家と小さな林がぽつりぽつりとある。平野のゆきどまりは青黒い色をした山で、左手には見上げる高さの山があらわれた。北アルプス連峰だ。

信濃大町《しなのおおまち》には定刻の十一時一分に到着した。ここでまた半数ぐらいの人が降りた。ここから室堂《むろどう》へ向かうつもりだ。立山・黒部アルペンルートの信州側玄関へ着いたところだ。

駅前に扇沢《おうぎさわ》行きのバスがとまっていて、たったいま列車を降りた人たちが駆け寄ってゆく。バスの発車時刻にはまだ充分間《ま》があるのに、走ってゆく。走るのは中高年の女性である。どこにゆくにも乗り物が少なかった幼いころの名残《なご》りなのか、鞄《かばん》を提げて、「早く、早く」と、同行者を急《せ》かして走ってゆく。

茶屋はけさ、食事をしていなかった。列車内で弁当を買うつもりだったが、睡魔に襲われていた。

ひんやりとした風にひらひらと揺れている「信州そば」の赤い旗を見て店に入った。食事どきでないせいか、ほかに客はいなかった。

頼んだとろろそばには甘味があって旨《うま》かった。ガラスケースにのり巻きお握りが並んでいたので、それも一つ食べ、腹一杯になった。彼は昨夜、酒は飲んだが、食事らしい食事をしていなかったのを思い出した。サヨコとハルマキの食べっぷりにあきれ返った腹の虫が、ゲップを繰《く》り返していたのである。

3

信濃大町駅前からのバスは、鹿島川《かしま》を渡って大町温泉郷と日向《ひなた》山高原を経、籠《かご》川に沿って遡り、四十分ほどで扇沢に着いた。一段高い位置にあるこの駅に長い列をつくっている人たちの大半が、黒部ダムへの観光だ。

かつて茶屋は、バス終点の扇沢より手前の扇沢取りつき点で降り、四時間ほどかけて種《たね》池《いけ》山荘まで登って一泊。二日目は、爺《じい》ヶ岳、冷池《つべたいけ》小屋を経て、鹿島槍《かしまやり》ヶ岳を往復したものである。途中で南側を振り返ると、蓮華《れんげ》岳を越えて、槍ヶ岳と穂高《ほたか》連峰を望むことができた。前の日に取りついた扇沢は、はるか彼方に切れ落ちた深い陥没だった。

黒部ダムへのトロリーバスは、鳴沢《なるさわ》岳（二六四一メートル）と赤沢《あかざわ》岳（二六七七・八メートル）のあいだの中腹をくり抜いた大トンネルをゆく。このルートはもともと、黒部川第四発電所建設のために、その資材運搬用に掘られたものだった。この関電トンネルは一九六三年のダム完成後、観光用に整備され、多くの人が北アルプスの山岳美と、標高一四五五メートルの黒部湖の風景を楽しめるようになった。

トロリーバスは十六分で黒部ダムに到着した。

降りた人たちを見ると圧倒的に中高年の男女が多い。団体もいるし、老夫婦もいる。孫と思われる子供を連れている人もいる。茶屋のように一人旅の男の姿は目に入らなかった。

長い階段を昇って地上に抜けるのだが、途中で呼吸をととのえる必要のある人も少なくない。

広場になった展望台に出る。たいていの人が歓声を上げる。切り立った峡谷に楔《くさび》を打ち込んだようなダムは、全高一八六メートル、全長四九二メートルで、日本最大である。

茶屋はレストハウスへと昇った。広いガラス越しに、山々に囲まれたダムの青い水が一望できる。右手のほうから観光船が、白い航跡を引いて出ていった。

熱いコーヒーを飲んでいると、ジャケットの内ポケットでケータイが振動した。ここは電波が届かない圏外だと思いこんでいた。

掛けてきたのは弥矢子だった。取材旅行で黒部へいくことは伝えていた。

「先生、いまどこですか？」

「黒部ダムを見下ろしているところだ」

「一緒にいけなかったんで、そこの写真を、いま見ています。ダムの壁って、コンクリートでできてるんでしょ？」

「そのとおりだよ」

「深い山の中へ、たくさんのコンクリートを、いつ、どうやって運んだんですか？」

写真を見ていて疑問を持ったようだ。

「このダムのコンクリートの打ち込みは、基礎岩盤までの掘削《くつさく》がすんだ一九五九年、いまから四十八年前の九月に、標高一二六八メートルの黒部川の川底からはじめられたんだ」

「先生が生まれる前ですね」

茶屋が生まれる五年前ということになる。

「コンクリートに使う材料の、砂や砂利は、大町市の高瀬《たかせ》川から取って、現在、『大町アルペンライン』って呼ばれている工事用専用道路を、外国製の大型ダンプで扇沢まで運び、そこからはトンネル内に設けられたベルトコンベヤーで運ばれた。セメントは、大町市内の専用停車場から大型トレーラーで運んだんだ。……弥矢子は、こういう建造物に興味があるのか？」

「地図で見たら『くろよん』って、すごい山の中にあるもんだから、そんなところへどうやってダムや発電所をつくったのかって、不思議な気がしたからです」

「そういうことに興味や疑問を持つとは、いい性分だ。こういうものを見ても、『わあっ、すごい』とかって、声を上げるだけで、なんの目的で、どんな人たちがつくったのかなんて、少しも考えない人がいる」

「大きなダムと発電所をつくる場所を、どうして高い山のあいだを流れている黒部川にしたのかしら？」

「いい質問だ。……この秘境を選ぶについてはいろんな条件があったんだ。第一に水の量が豊富なこと。川の水が急勾配《こうばい》でV字谷を駆け下る落差を利用できること。それから、ダムの底に沈む集落がないこと」

こういうことは、弁当屋で働いている弥矢子よりも、事務所のサヨコかハルマキに聞いてもらいたいものである。

サヨコもハルマキも、決して給料が高いとはいえない茶屋の事務所に勤めつづけているのは、月に何回かは昨夜のように、好きな物をたらふく食べ、浴びるように酒を飲んで、酔って正体を失《な》くした男たちから、ちやほやされるのが楽しいからなのではないか。

「お天気は、どうですか？」

「曇りだが、視界は悪くない。少し寒いが」

ダムの展望台にいる人たちは、セーターの上にジャケットを重ねている。

茶屋は外に出て、階段を下りた。

高さ一八六メートルのダムは、中腹から白い水を吐き出している。水は弧《こ》を描いて、霧《きり》のように暗い底へ散っていく。これが名物の放流である。階段の途中に設けられた展望台には、寒そうな顔をした人たちが、ほとばしる放水を眺めたり、カメラに収めたりしている。ここを訪れる観光客は、年間百万人以上といわれる。

人びとはなぜ、ここへ引き寄せられるのか。満々と水をためた湖面に、四季の山が映っているからではない。日本の屋根と呼ばれている三千メートル級の高峰をくり抜いた、人間のエネルギーに圧倒され、感動するからだ。

ダムの脇には、岩盤を削る作業をする六人の像が建っている。［尊《とうと》きみはしらに捧ぐ］と彫られ、一七一人の殉職《じゅんしょく》者の名が刻まれている。

六十代も後半と思われる男性が二人、慰霊碑《いれいひ》に向かって手を合わせていた。茶屋もその人たちにならった。

またケータイが鳴った。

今度はサヨコだった。

「いま先生は、黒部ダムですね？」

彼女は茶屋の取材行程表でも見ているのだろう。

ゆうべは喉が裂けるほどうたっていたのに、普段と変わらない声だ。最近の彼女は、「ゆうべはご馳走《ちそう》さまでした」などといわなくなった。

「そうだ」

「観光客はどうですか？」

「大勢いる」

「中高年の人が多いでしょ？」

「私は若いほうだ」

「そこを見にきている人には、建設工事をモチーフにした映画『黒部の太陽』を知る世代が多いんです」

「なるほど」

「建設当時が、原体験だったからなんですね」

原作・木本正次《きもとしょうじ》の映画『黒部の太陽』が公開されたのは一九六八年で、関西電力黒四建設事務所次長を三船敏郎《みふねとしろう》が、大町トンネル掘削現場責任者を石原裕次郎《いしはらゆうじろう》が演じ、監督は熊井啓《くまいけい》。

茶屋はこの映画を、高校生になってから観ている。

黒部ダムから黒部湖を渡り、ケーブルカーの駅までは、徒歩十五分だった。このケーブルカーの運営は、「立山黒部貫光《かんこう》株式会社」となっている。このトンネル内の階段にも、乗客の長い列がつづいていた。

ケーブルカーは五分で標高一八二八メートルの黒部平へ。そこからは七分間のロープウエイ。これはまさに動く展望台だ。針ノ木《はりのき》岳、蓮華岳、赤沢岳、鹿島槍ヶ岳などの大連峰を眺めることができた。

ここまで標高が上がると紅葉もかなりすすんでいた。眼下は錦絵《にしきえ》のような世界である。だが、この旅の先行きを不安にするように、霧が湧き上がってきて、標高二三一六メートルの大観峰《だいかんぼう》は霧に包まれていた。晴れていれば、北アルプスの峰々を堪能できたのである。

今度は、立山トンネルトロリーバスに乗り継いだ。立山山頂直下をくり抜いた大トンネルである。十分で室堂に着いた。

茶屋のきょうの宿泊地は、バスターミナルに直結しているホテル立山だ。

彼は過去に二回、立山に登っていた。雄山《おやま》から大汝山《おおなんじやま》、富士ノ折立《ふじのおりたて》、真砂《まさご》岳を経て、別山《べっさん》へ縦走した。別山には日本最高所の池があって、そこから岩の殿堂と呼ばれている雪を貼りつけた剱《つるぎ》岳を真北に眺め、身震いしたものである。

4

ホテル立山は、室堂平の中心地標高二四五〇メートルにある。日本最高所に建っているリゾートホテルだ。

ここへは登山者はほとんど泊まらない。かつて茶屋も、このホテルを横目に見て山に登り、山小屋へ泊まったものである。

フロントには、チェックインを待つ人たちが何人もいた。フロントの横に、濃紺のパンツスーツに身を包んだ長身の若い女性が十人ばかり立っていた。彼女らはパンプスを履《は》いている。顔立ちはいいし、化粧は濃いめだ。観光客とは思えない。なにかのイベントの出演者のようにも見えた。ハイキング装備をしている人たちの中で、彼女らは異様な目立ちかたをしていた。

茶屋は三階の部屋へ荷物を置いた。窓からは公園のような室堂平が一望だ。

彼は小型リュックを背負った。二時間ばかり散策するつもりである。

ここでもケータイが通じ、

「先生、いまどこですか？」

ハルマキのゆったりとした声が耳朶《じだ》をくすぐった。

「お前に話しても、実感がないだろ」

「そんなこといわないで、話して」

「室堂平の真ん中だ。みくりが池といってな、立山の瞳のようなきれいな池を見下ろしているんだ」

「あ、あった、あった。ホテルのすぐ近くみたいだね」

彼女は地図を広げているらしい。

「その辺には、ホテルのほかに、山小屋が何軒もあるみたいですね」

「登山基地だからだ」

「恐い名前の場所もあるんだね」

「地獄谷《じごくだに》だろ?」

「閻魔台《えんまだい》、鍛冶屋《かじや》地獄、紺屋地獄……」

「これから、その辺を一周してくるつもりだ」

「人が死んでるんじゃないの?」

「ああ、一人や二人はな」

「先生、やめたほうがいいよ。きょうはいろんな乗り物に乗って、疲れてるでしょ?」

「サヨコとちがって、たまには私のこと、心配するんだな」

「たまには、なんて……。わたしはいつも、先生が帰ってくるまで、心配で、心配で、ご飯もすすまなくなるんです」

「ゆうべ、あんなに食ったんで、一週間や十日、飯を食わなくても、痩《や》せないだろ。きょうの昼は、なにを食った?」

「トンカツをのせた焼きそば」

「間もなく、体重は六〇キロ台になる」

急に風が出てきた。地獄谷のほうは霧に煙っている。東側の立山連峰は白い帳《とばり》に隠されていた。

みくりが池を右手に見下ろして、地獄谷方向へ歩いた。薄い霧の中を、赤や黄色の雨具を着て散策している人があちらこちらにいた。

地獄谷からは噴煙が上がっていた。地底から吐き出された硫黄《いおう》臭い煙が、赤茶けた山腹を這《は》い昇っている。

みくりが池温泉を正面に見て、右に曲がったところで、突然雨が降ってきた。五分もするとみぞれに変わった。彼の前を歩いていたカップルの足が速くなった。

霧は彼を襲うように取り巻いたり、左手の紅葉の谷底をのぞかせたりした。

みぞれの降るなかを、彼と同じように単独で歩いている女性がいた。しっかりした山歩きの装備をしている。楽園といわれる熱帯の浜辺よりも、厳しい冬を間近にひかえた山と、荒涼とした風景が好きなのではないか。

彼はふと、手紙をくれた黒部市の美池須笑子を思い浮かべた。手紙には、週に五日、黒部峡谷と宇奈月を往復しているとあった。電力会社の関係者なのか、それとも峡谷観光にたずさわっているのだろうか。彼は彼女に、早く会ってみたくなった。

彼が出した手紙はすでに着いているはずであるが、まだ読んでいないのか。ひょっとすると、毎日帰宅しない仕事をしているのかもしれない。

日本最古の山小屋である『室堂』に着いたときには、みぞれが本格的な雪に変わった。

雪の中にひっそりと建つ重要文化財となった山小屋にカメラを向けた。そこには彼のほかに人はいなかった。

真横から頬を雪に叩《たた》かれた。手が凍《こご》えた。

ホテルのティールームには、中高年の男女が十人ばかりいた。ここでは立山の清水でたてたコーヒーを飲ませてくれる。

二階にはゆったりとくつろげるラウンジがあった。悠然《ゆうぜん》と本を読んでいる白髪の男性がいた。

茶屋はしばらく、窓から横に筋を引く雪を眺めた。

ケータイが彼を呼んだ。今度こそ美池須笑子からだろう。

「黒部川は、どうですか？」

鼻がつまり、喉を痛めているようなザラついた男の声だった。ディスプレイに「牧村」の表示が出ていなかったら、茶屋は応答しなかったろう。

「私は、黒部川からは西に七キロばかりはなれた室堂にいる」

「どんな天気ですか？」

「雪だ、荒れ模様だ」

「順当な天候じゃないですか」

牧村の調子が急変した。「リゾートホテルで、明るいうちから、酒を飲んでいるんじゃないでしょうね？」

「なにをいう。たったいま、室堂平の取材を終えて、ホテルに入ったところだ」

「あしたは、黒部ダムへもどって、そこから川沿いに下ってください」

「急に、気が狂ったようなことをいうじゃないか。黒部ダムから欅平までの間には、白竜峡があり、下の廊下と、棒小屋沢《ぼうごや》と出合う十字峡があり、S字峡もあって、猿も寄りつけないような、つるつるの切り立った絶壁ばかりなんだよ。この時季にそんなコースを……。私に、黒部川に転落して、死ねっていっているのと同じじゃないか」

「山小屋は、ないんですね？」

「ダムの端から、休まず歩いて七時間あまりで、阿曾原《あぞはら》温泉。それは夏場の行程だ。あんたは地図で黒部川がどんなところを流れ下っているかを見たんで、『山岳描写をふんだんに盛り込めるから』なんていったんだろ。……私は、立山黒部アルペンルートをたどると、旅行程を説明した。それを忘れたのか？」

「考えが変わったんです」

「どうして？」

「紅葉がまばゆいだの、立山に囲まれた室堂平の池は少女の瞳のようだの、紅葉の山に雪が降り、思いがけず二つの季節に出合った、なんて、そんなしごく当たり前のことは、他誌に書いてください。茶屋先生が、そのリゾートホテルにいるかぎり、なにも起こらない。紳士や淑女が、山を眺めてくつろいでいる姿を書いていただくために、今回の取材に出てもらっているんじゃないです」

牧村の声は太くて低くなった。

「その室堂の気温が突如三十度にはね上がり、きれいな池の周りを若い美女が水着で散策しているんなら、二日でも三日でもそこにいて、毎日、写真を送ってください」

「そんな、天地がひっくり返ったようなことが、起こるわけないじゃないか」

「そうでしょ。ですから先生はあした、黒部ダムへもどり、そこから、なんとか峡を蟹《かに》のごとく横這《よこば》いする。ときには氷壁を一〇メートルか二〇メートルずり落ちる。死んだかと思ったら生きていたんで、またもぞもぞと岩壁をよじ登り、顎《あご》を震わせながら横這いをはじめる。いえ、二度か三度は、激流さかまく川に滑《すべ》り落ち、岩につかまって……」

牧村は宙の一点に目を据《す》えているにちがいない。ときどき彼には邪悪《じゃあく》な神がのりうつるらしい。

「もしもし。聞いているんですか？」

「うわ言がきこえているが、熱があるんじゃないのか。病院へいくか、家へ帰って寝たほうがよさそうだよ」

「ぼくは、本気でいっているんですよ。『女性サンデー』の売れ行きには社運がかかっています。ですので、ぼくは生命がけなんです」

「私の生命は、どうなってもいいんだね？」

「正直いえば、そういうことです」

「きょうは、バカにはっきりものをいうじゃないか。虫の居所が悪い上司から、小言でもいわれたのか？」

「誰も、なにもいいません。茶屋先生に取材旅行にいっていただく先も、書いていただく内容も、すべてこのぼくに任《まか》されているんです。ですので、第一読者のぼくが、『嘘でしよ』って叫びたくなるような、読者の度肝《どぎも》を抜くような……」

「分かった、分かった。だが私は、黒部川は下らないよ。今夜は、富山湾の旨い魚で、辛《から》口《くち》の日本酒だ。あとで、出てきた料理のいちいちを撮って、送ってあげよう。今夜のあんたは、その写真を肴《さかな》に安酒をくらうがいい」

茶屋は電話を切った。

黒いベストに白いシャツの女性が寄ってきた。

「よろしければ、ウイスキーを用意させていただきますが」

といって、黒表紙のメニューを渡された。

彼は、十八年ものをロックで頼んだ。

5

夕食を七時にはじめた。レストランはほぼ満席だ。それはこのホテルの盛況の証《あか》しだった。

テーブルに向かい合ってワインなど飲んでいる客の平均年齢は、六十といったところだろうか。なかには八十代と思われるカップルもいる。

見まわすと、単独の男は茶屋だけのようだ。紅葉最中《さなか》のリゾート地のホテルで、独りで食事というのは、侘《わび》しいものである。

［献立《こんだて》］がテーブルにのった。

茶屋は日本酒を頼んで、メニューを読んだ。

［一、食前酒　雲上ロマン＝赤色の酒

一、先付　菊葉、むかご、胡麻《ごま》クリーム和え

一、前菜　鱒《ます》ずし、柿水晶、鰈《かれい》の海鮮あられ焼き、チーズ玉子、もろ胡瓜《きゅう》

一、造り　梶木鮪《かじきまぐろ》　鮪　鯛《たい》

一、鍋物　鶏、豆腐、牛蒡《ごぼう》、水菜、紅葉麩《もみじふ》、きりたんぽ、占地《しめじ》、葱《ねぎ》、糸蒟蒻《いとこんにゃく》、里芋＝

鶏ガラスープ仕立て

一、焼物　牛ロースときのこの朴葉《ほおば》味噌焼き
一、蒸し物　百合根《ゆりね》饅頭《まんじゆう》キノコ餡《あん》掛け
一、揚物　海老湯葉《ゆば》巻き、さつまいも、青唐
一、酢物　柿砧《かききぬた》巻き、秋刀魚《さんま》レモン締め、蛇腹《じやばら》胡瓜、若布《わかめ》、花蓮根《はなれんこん》＝辛子《からし》酢味噌
一、御飯　富山県産コシヒカリ
一、汁物　松茸、すり身、三つ葉
一、香物　赤かぶ、辛子茄子《なす》
一、甘味　ラ・フランスのゼリー寄せ、巨峰」

茶屋はこのメニューを撮り、牧村とサヨコのケータイに送り、電源を切った。

彼は地酒を二本飲み、どれも美味の料理に舌鼓《したつづみ》を打った。鱒ずしは富山名産である。

レストランを出たところでケータイの電源を入れると、サヨコからのメールが入っていた。

「あたしたちこれから、銀座・岩郷《いわごう》で、フグちり。交際接待費でヨロシク」

茶屋はよけいなことをしたと後悔した。

彼の写メールは、サヨコとハルマキの牛のような胃袋を刺激してしまったのだ。

銀座・岩郷のフグちりといったら、たしか一人前一万五千円。二人は一人前ではすまないだろう。鍋の前に大間《おおま》のまぐろを入れた刺し身の盛り合わせなどを注文するかもしれない。今夜は日本酒でなく、フランスの高級ワインにすることも考えられる。メールには［交際接待費で］とあったところをみると、牧村を加え、「今夜は、こころおきなく」などといってすすめ、ワインを何本も空けそうな気もする。

もしそうだったとしたら、昨夜の道玄坂上の居酒屋と、カラオケスナックの十倍もの出費になりそうだ。

茶屋の取材旅行中、こういうことをたびたびされていたら、彼は年中、眠らずに仕事をしても、事務所を維持していくことはむずかしい。

ロビーで地元の新聞をざっと読んだ。酔いが覚めるような記事は出ていなかった。

彼の前を、白い袋を提げたカップルが通った。袋の中身が酒だと分かった。一階の売店がまだ営業していて、そこには地酒のコーナーがあったのを思い出した。

彼は、さっきレストランで飲んだのとはべつの銘柄を一本買って部屋へもどった。

窓のカーテンを開けて、外をのぞいた。ガラスに額《ひたい》をつけると、氷のように冷えていた。眼下にはホテルの灯りが二つ三つ点《つ》いているが、その先は漆黒《しっこく》の闇である。夕方ほどではないが、雪は降りつづいていた。風もあって、雪の粒が窓ガラスに当たってははじけている。

しばらくのあいだ目を凝《こ》らしていると、黒い海の中をオレンジ色の点のような小さな光が泳いでいた。光は移動している。一つではなく二つだ。どうだろう、一〇〇メートルほど先なのか、その二つの光は左から右へと、黒い海をゆっくり横切っていった。雪の夜、ここを歩いている二人連れがいるのだった。

山岳警備隊員でなければ、闇を衝《つ》いての山歩きを楽しむ目的でやってきた人たちなのか。

「名川シリーズ」に、ぜひ黒部川を、という手紙をくれた美池須笑子からは、きょうも電話が入らなかった。茶屋の送った手紙を読んでいれば、彼が今夜は室堂にいるのを知っているはずである。手紙がもどってこなかったのだから、彼の手紙は着いている。

彼女は週に五日、黒部峡谷とのあいだを往復していると書いてよこした。もしかしたら、何日間も帰宅できないことのある仕事に就いているのではないか。

彼は、冷たい酒をちびりちびり飲《や》っていたが、はっと気づいたことがあって、暗い窓を向いた。

美池須笑子は、茶屋へ手紙を送ったあと、いつもどおり黒部峡谷へ入った。が、予期せぬ事故に遭《あ》ったため、帰ってこられなくなっているのではないのか。したがって茶屋の手紙を読んでいない。だから彼が今回の「名川シリーズ」の舞台を黒部川にしたことも、黒部市を探訪する日程も知らずにいる。

彼女が何歳なのか、手紙の文面からは見当がつかなかった。ペンで縦書きの手紙から、二十代の女性ではなかろう、と牧村もいっていた。

いくつの人にしろ、独り暮らしなのだろうか。もしも彼女の身に異変が起こり、電話することができなくても、同居している人か、身内がいれば、彼の手紙を読んで、「じつはこのようなことがあったものですから」と、代理の人が電話を掛けてきそうな気もする。それもないということは、彼女の代わりに手紙を読む人もいないのではないか。

茶屋の出した手紙は、まだ誰の目にも触れず、彼女の自宅の郵便受けに眠っているのかもしれない。

いや、こういうことも考えられる。

黒部市の郵便局の人が、美池須笑子宛の手紙の差出人を見たところ「茶屋次郎」だった。

その人はかねてから茶屋の書くものを読んでいた。つまりはファンだった。茶屋次郎は、活字とは無縁のご仁《じん》はべつにして、ある程度全国に名を知られるようになっている。ことに週刊誌を読む女性の目にその名が触れる機会は多い。

茶屋が差し出した手紙は、不運にして彼のファンの目に触れた。どちらかというとシンプルな氏名ではあるが、ありそうでありながらめったにない。だから旅行作家とは縁もゆかりもない同姓同名のタダの人ではないだろうと判断した。

黒部市の郵便局の人が、「美池須笑子は、旅行作家の茶屋次郎と知り合いなのか」と思えば、中身を読んでみたくなる。

美池須笑子が、比較的若くて、黒部地方では十指に数えられている美人だったとする。郵便局の人は、たまたまそれを知っていて、「ひょっとして、もしかしたら、須笑子は茶屋次郎と秘密の関係なのでは」と勘繰《かんぐ》れば、職務違反を承知で、そっと封を切ってみる――そういう出来ごころが、郵便局の人にかぎって起こらないとはいえないと思う。

くる日もくる日も、何千万もの現金に手を触れている銀行員が、「これは人さまの大切なお金だから」と、肝《きも》に銘《めい》じているので、よこしまな気持ちなど絶対に起こさない、とはいいきれないだろうと考えるのは、茶屋だけだろうか。

茶屋が世のため、人のためにまったくならないことを考えているうちに、酔いもまわって睡魔に襲われ、銀座であとさきのことなど考えず、散財しているかもしれないサヨコとハルマキのことも忘れて、寝入ってしまった。

翌朝の室堂平は、新雪に塗り替えられていた。雪はやんで薄陽が差した。立山はまさに銀嶺《ぎんれい》である。

そこを色とりどりのウェアのハイカーが歩いていた。期待どおり、二つの季節に出合う機会を得た、日ごろのこころがけのよい人たちである。

茶屋は牧村の希望に背《そむ》いて、高原バスに乗った。弥陀《みだ》ヶ原の紅葉と雪のまだら模様は、目に刺さって痛むような鮮やかさだ。

美女平《びじょだいら》からはケーブルカーで、富山地方鉄道の立山駅に着いた。これで立山黒部アルペンルートを貫《つらぬ》いたことになった。

立山駅周辺の山は濃い緑である。きのうの大町から室堂までの乗り物は、どれも満員だったが、けさの高原バスにもケーブルカーにも空席が目立っていた。このルートでは、やはり黒部ダムが一番人気なのだ。

茶屋は宇奈月温泉に向かうため、富山地方鉄道の寺田《てらだ》で本線に乗り換えた。木造瓦屋根のこの駅で宇奈月方面への電車を待っているのは、ほんの五、六人である。

ベージュ色に赤いラインを入れた電車がやってきた。名勝《めいしょう》黒部峡谷の玄関口へ向かう電車なのに、座席の三分の二は空いていた。

途中、富山湾岸の滑川《なめりかわ》市に出、JR北陸本線と並行して走り、魚津《うおづ》市を抜けて黒部市に入った。どの家の庭にも実の色づいた柿の木のある平野の農村風景がつづいた。

この平野は、黒部川がつくった日本一広い扇状地である。

電車はやがてまた緑の樹木に囲まれた山地へと近づき、黒部川に沿った。扇頂に当たる愛本《あいもと》が川の狭窄《きょうさく》部で、山岳部と平野部との境である。

ほんの数分前まで平野を映していた車窓だったが、峡谷が目に飛び込んできた。八千八谷といわれる北アルプスの岩を削って駆け下った黒部川は、愛本で幅をしぼられ、一気に富山湾に向かって噴き出し、その昔、川筋は何本にも岐《わか》れていたという。

宇奈月温泉には昼少しすぎに着いた。

電車の乗客は少なかったのに、駅前の道路には観光客らしい人たちが何人もいた。ここは富山県を代表する温泉地である。

駅舎を出たところには、温泉が噴き上がっていた。温泉は黒部川上流の黒薙《くろなぎ》温泉から六十度で引湯されているという。

歩いている人たちを見ると、きのう黒部ダムで気づいた平均六十歳見当よりも若かった。大半が峡谷鉄道探勝にやってきた人たちのようだ。

茶屋の当初の計画は、トロッコ電車に乗って、終点の欅平へ。その付近を散策して、夕方にはこの宇奈月温泉にもどるというものだった。が、駅前のレストランでそばを食べているうち、気が変わった。

手紙をくれた美池須笑子の住所は宇奈月温泉なのだから、そう遠くはないだろう。彼は彼女を訪ねることにした。

彼が彼女に惹《ひ》かれたのは、週のうち五日は黒部峡谷を往復しているという点である。

二章　宇奈月《うなづき》温泉の女

1

　レストランの壁には、「中部山岳国立公園・特別名勝・特別天然記念物　黒部峡谷」と銘《めい》打たれたV字谷に架けられた鉄橋と、そこを渡るトロッコ電車の写真が貼ってあった。

　食事しながら、その写真に目を奪われている若い男女の客もいた。

　茶屋は、女性従業員にノートに書いた美池須笑子の住所を尋ねた。奥から女将《おかみ》が出てきて、

「この辺だと思います」

　と、地図を見せてくれた。そこは黒部川沿いで「端渓苑《たんけいえん》」というホテルの近くだと分かった。

「お客さんは、観光じゃないんですか？」

女将は彼の湯呑《ゆの》みにお茶を注いだ。

「トロッコ電車にも乗るつもりですが、その前に、ある人を訪ねるんです」

女将は、茶屋の顔をじっと見ている。どこかで見た覚えがある、といっている表情だ。

彼はあえて名乗らなかった。

「この宇奈月温泉も黒部市に合併して、面積の広い市になりましたね」

茶屋はいった。

「平成十八年三月に合併しました。ですから黒部市は、富山湾から長野県境の白馬三山《しろうま》までで、富山県全体の一〇パーセントの広さです。平坦部より山岳地の多い日本の秘境ですよ」

人口は約四万三千で、少しずつ減っている。だが観光に訪れる人は多く、夏場は毎日、トロッコ電車に乗る人たちの長い行列ができるという。

美池須笑子の住所へは歩いて十分ほどだった。

端渓苑の隣接地の木造二階建て一軒家で、左右が空地になっている。裏側が黒部川だ。道路をへだてて五、六軒民家が並んでいるが、車の往来も少なく静かな一角だ。

玄関の柱には「美池」の表札が出ていた。

したがって茶屋の出した手紙は、予期せぬ事故がないかぎりこの家に届けられている。

郵便受けは玄関ドアに差し込むように設置されていた。

茶屋はドアをノックして声を掛けた。何回も呼んでみたが、不在らしく応答がない。この家の人が何日も前から不在だったとすると、茶屋が送った手紙は、配達されたのに読まれず、ドアの内側に眠っていることになりそうだ。

彼はドアの前に立って「十月六日、宇奈月温泉に着きました。茶屋次郎」とメモ用紙に書き、ドアポストへ差し込もうとした。

「あのう……」

背後から女性の声が掛かった。

例の彼女か、と直感して振り向いた。

立っていたのは、黒とグレーのジャージ姿の若い女性だった。二十歳《はたち》にはまだ間がありそうだ。

「美池さん、何日も前から留守ですよ」

色白のまるい頰の彼女はそういった。ふっくらとした唇の可愛《かわい》い顔だ。

その女性は、道路をはさんだ向こう側の家から出てきたらしく、玄関のドアが開け放されていた。

茶屋は笑顔をつくって名乗り、美池須笑子とは付合いがあるのかと訊いた。

「はい。生まれたときから知ってますので」

彼女は愛くるしい顔で、冬本亜季《ふゆもとあき》と名乗った。

「可愛いお名前です。ご両親がよく考えてつけてくださったんでしょうね」

「よく考えてくれたかどうか。自分じゃいい名前って、思っていません」

冬本亜季は、表情を変えず冷めたいいかたをした。

「茶屋さんていいましたけど、須笑子さんにどんな用事があったんですか？」

彼女のいいかただと、須笑子とは親しい間柄《あいだがら》のようだ。

茶屋は、須笑子を訪ねるにいたった経緯を話し、名刺を渡した。

亜季は、彼の名刺を、珍しい物に出合ったようにじっと見つめていたが、

「うちのお父さんが、ときどき持ってくる週刊誌で、茶屋次郎さんて名前、見たことあるような気がします」

「あなたのお父さんは、女性向け週刊誌をお読みになるんですね？」

「ときどき。たぶん友だちからもらってくるんだと思います。あのう、どうぞ、うちへきてください。誰もいませんから」

女性週刊誌を読む父親も珍しいが、誰もいないから家に入ってもらいたいという若い女性も珍しい。たいていの人は、家族が不在の家の中に、初対面の男性を入れないものである。

彼女は茶屋を入れると、玄関のドアをやや乱暴な手つきで閉めた。

この家はかなり年数を経ていた。上がり口が一段高くなっている。

亜季は、上がり口へ座布団《ざぶとん》を置いた。その手つきから、こういうことに馴れているらしい。

「なにか飲みますか？　なんでもありますけど」

表情を変えないが、愛想はいい。

「どうぞお構いなく」

茶屋は遠慮したが、じつは彼女がなにを出してくるのかに興味があった。もしかしたら、昼日なかから酒を出すのかもしれなかった。が、彼女は、

「じゃ、お水を」

といって、水を注いだグラスを盆にのせてきた。

彼女は板の間にぺたりとすわった。

「美池須笑子さんは、何日も前から留守ということですが、どこへいっているのか、ご存じですか？」

「鐘釣《かねつり》か欅平だと思います」

黒部峡谷だ。峡谷鉄道の駅があるし、温泉旅館がある。

「仕事で？」

「人をさがしているんです」

深い谷間の山中で、人をさがしているとは、いったいどういうことなのか。

亜季は膝を立てると、奥の部屋へ小走りに消えたが、新聞紙を持ってすぐに出てきた。

地元新聞の社会面記事の一個所が赤ペンで囲まれていた。新聞は九月二十四日のもの。

［二十二日朝、黒部峡谷へハイキングに行くといって出発した富山市の会社員、貫井雅英《ぬくいまさひで》さん(38)が二十三日夜になっても帰ってこないと、家族から黒部署に届出があった。貫井さんは峡谷鉄道を利用して日帰りの予定。県警山岳警備隊と黒部署では、二十四日朝から峡谷鉄道終点の欅平〜名剣《めいけん》温泉付近を捜索することにしている。

富山地方気象台などによると、黒部峡谷上流では二十三日午前中から激しい雨が降り、夜明け前から急激に気温が低下したという」

「貫井さんは、須笑子さんの彼なんです」

新聞記事から目をはなした茶屋に、亜季がいった。

「なるほど」

「貫井さんは、富山市の製薬会社に勤めています。須笑子さんとは一年ぐらい前から仲よしになっていました。ハイキングにいく前の日、貫井さんは須笑子さんの家に泊まって、二十二日の朝、須笑子さんと一緒に鐘釣までいったんです」

「須笑子さんは、鐘釣で電車を降りた？」

「須笑子さんは、鐘釣の売店に勤めていたからです」

峡谷鉄道の売店員で、週のうち五日は鐘釣へ通勤していたのだという。

貫井は鐘釣から欅平へハイキングにゆき、夕方には鐘釣で降り、須笑子と一緒に帰ってくる予定だった。だが、売店の営業が終了する午後五時になっても彼はもどってこなかった。彼女は彼が体調でも崩し、欅平温泉の猿飛《さるとび》山荘か名剣温泉にでも入っているのではないかと想像して問い合わせたが、そういう人はいないという回答だった。

須笑子は帰宅し、貫井からの連絡を待っていたが、電話は入らなかった。

「それで、うちのお父さんと相談して、二十三日に警察へ話にいったんです」

茶屋が事務所で、須笑子からの手紙を読んだのは九月二十一日だった。彼女はその四日前に「女性サンデー」編集部に宛てた手紙を投函《とうかん》している。まさか恋人の身に異変が起こるなど露《つゆ》ほども思ってみなかったのだろう。

貫井雅英の捜索は二十四日からはじめられた。警察の捜索隊に、峡谷鉄道の社員が協力参加した。須笑子も加わった。貫井は東京の出身で、実家から父親と、その近くで所帯を持っている妹がやってきた。亜季も、彼女の父親も参加した。

捜索は、欅平を中心に、黒部川沿いにつけられている猿飛峡回遊歩道や、祖母谷《ばばだに》川沿いの名剣温泉の範囲を中心に重点的に行われた。

須笑子の話では、貫井には本格的な登山経験がない。したがって径《みち》のない山や岩をよじ登ることはありえないということだった。

天候は、二十四日は薄曇り、二十五日は晴れ、二十六日は雨、二十七日は曇りだった。警察官たちを中心にした捜索は二十八日もつづけられる予定だったが、二十七日深夜から雨が激しくなるという予報が出されたため、二十七日の日没をもって中止された。

貫井は、祖母谷川か黒部川に転落したという見方が有力になったことから、山岳警備隊員はおもに峡谷に下り、岩壁にしがみついて水面すれすれをさがしていた。

大雨が降ると川は増水する。二重遭難の危険が考えられるとして中止になった。警察は、貫井は絶望的とみたようだった。

二十八日と二十九日は、予報どおり激しい雨がつづき、黒部峡谷は牙《きば》をむいて荒れ狂った。

警察が主体の捜索は打ち切りとなったが、須笑子は諦めず、鐘釣の美山荘《みやま》や、欅平の猿飛山荘に泊まり込んで、きょうも貫井の痕跡《こんせき》を求めて川沿いをさがし歩いているはずだという。

「警察の人も、うちのお父さんも、須笑子さんに、危ないからやめなさいっていったんだけど……」

貫井が消息を絶ってから、須笑子はたまに自宅へ帰ってきては、また出掛けている。たぶん売店勤務を辞めるつもりなのだろう、と亜季はいった。

だから茶屋の手紙は読んでいそうだが、現在の彼女には、彼に電話する心の余裕などないのだろう。

茶屋は須笑子に同情した。すぐにも峡谷鉄道に乗って鐘釣か欅平へいき、彼女を力づけてやりたかった。

「ところで、須笑子さんは、独り暮らしなんですか?」

茶屋は亜季のふっくらとした唇を見ながら訊いた。そこは桜の花のような淡いピンク色をしている。

「独りです。お父さんは、ずっと前に死んだそうです。お母さんと一緒だったけど、何年か前、病気になって、入院しているうちボケてしまって、いまは市内の老人ホームに入っています」

「須笑子さんは、一人っ子?」

「兄さんがいたんだけど、わたしが小さいとき、川に落ちて死にました」

亜季はジャージのポケットに手を入れた。ケータイが鳴ったのだ。

「はい、はい。ないよ、どこからも。そう、分かった。いいよ、自分でつくるから。はい。じゃね」

親しい人からのようだ。

「お父さんなの。きょうは帰りが遅くなるからって」

「お勤めですか？」

「便利屋をやってるの」

「便利屋……」

「なんでもするの」

「たとえば？」

「お年寄りが、どこかにいきたいっていえば、車で連れてってあげるし、死ぬ前に食べておきたいものがあるといわれれば、全国のどこからかそれをさがして、取り寄せてあげたり、運送会社や郵便局よりも速く物を運んであげたり、大工さんみたいに家の修繕までできるんです」

　この宇奈月では名が知れ渡っているせいか、仕事が途切れることがないと、亜季はほとんど表情を変えずに語った。

　母親はいないのか。茶屋が訊きあぐねていると、彼女はいまは父親と二人暮らしだといった。

「あなたのご兄弟は？」

「お兄ちゃんが一人います。お父さんとお母さんが別れるとき、お母さんがお兄ちゃんを連れて出ていったの。お兄ちゃんが十二で、わたしが九つのとき。女の子連れていくと、面倒くさいって、お母さん思ったらしいのね」

　これで亜季の家庭環境は分かった。

　茶屋は、彼女の出してくれた水を飲んだ。

「おいしいですね」

「みんなそういいます」

　黒部の水は旨いのだと、彼女はいい足した。

「あなたは家にいて、お父さんのお仕事の受付をしているんですね」

「そうなの」

　彼女のケータイがまた鳴った。

「そんなこと、お父さんに訊けば」

　彼女は凄《すご》みのあるいいかたをした。女からの電話のようだった。

　茶屋のポケットでケータイが呼んだ。

　サヨコの定期便だった。

　二人は、同時に背を向けた。

2

「先生はいま、峡谷鉄道ですか？」

サヨコの声は澄んでいる。

「いや、宇奈月温泉の黒部川沿いで、取材中だ」

「あら、予定変更？」

「峡谷では大変なことが起きていたんだ。それで、それに関係のあることを……」

「どんなに大変なことですか？」

「あとで詳しく話す」

「牧村さんがよろこびそうなことですか？」

「彼をよろこばすために、ここへきてるんじゃない」

「そうですけど、牧村さんがよろこぶ、よろこばないは、『女性サンデー』の売れゆきに影響するわけですので」

サヨコは「女性サンデー」の販売部員になったようなことをいう。

「ところで、ゆうべは、銀座の岩郷か？」

「心配なのね？」

「当たり前だ」

「ご主人さまの取材旅行のあいだに、従業員のわたしたちが、そんなことするわけありませんでしょ？」

薄気味悪い言葉遣いだ。

「そうだった。お前もハルマキも、良識のある人間だった」

茶屋は電話を切った。

亜季も話し終えていた。

「須笑子さんは、単独で捜索しているんでしょうか？」

「そうだと思います」

「まちがいが起こらなければ、いいが」

「うちのお父さんもそういってますし、わたしも心配なんです。茶屋さんは、須笑子さんに会いにいくんですか？」

時計を見ると、いつの間にか午後三時になっていた。

「あしたにします。須笑子さんはあした、どこに泊まるのかな？」

「今夜、美山荘へ電話してみます」

美山荘は客室七つの小ぢんまりとした旅館で、須笑子の行動をある程度把握しているという。

「茶屋さんは、今夜泊まるとこ、決めてるんですか？」

「いえ。そこの端渓苑にでもと思っています」

なぜか亜季は小首を傾げた。

「なにか？」

「どうせなら、川の眺めがよくて、露天風呂がすてきで、料理のおいしいとこのほうが」

そのとおりだが、心当たりがあるかと訊くと、三〇〇メートルほど上流の翠峡荘《すいきょうそう》を推《お》すといった。宇奈月温泉の十五軒の宿では三番目の規模だという。

「では、そこに」

彼女は、空室があるかを問い合わせてあげるといって、ポケットからケータイを取り出した。父親が便利屋をしている彼女だ。翠峡荘に宿泊客を送り込むことによって、リベートが入るのではないか。それはそれでかまわないと茶屋は思った。

「え、そうですか。うわあ、ほんとに。はい、はい、そうします。ありがとうございます。じゃ、あとで」

亜季の表情が変わった。目を細め、頬をゆるめた。さっきの凄みをきかせた目つきも魅力的だったが、微笑した表情は可愛らしい。

「翠峡荘の支配人さん、茶屋次郎さんを知ってました。ほんとうに本人かっていわれました」

「旅行作家の茶屋次郎は、ほかにはいないはずです」

「本人なら、宿料を半分にするし、わたしに、『一緒にご飯食べたら』っていいました。茶屋さんの顔を、本で見てるから、本人かどうか分かるって」

「それはありがたい。夕飯をご一緒しましょう」

「わたし、あそこの露天風呂好きですから、入りにいきます」

まさか、混浴ということはないだろう。

亜季は、着替えをするというと、ひとはねするような立ちかたをして、奥へ消えた。出てきた彼女は、黒いジャケットを腕に掛け、緑色の丸首シャツとジーンズに着替えていた。

茶屋と亜季は肩を並べて、二軒の大きなホテルの前を通った。

翠峡荘は薄紫色の壁の七階建てだった。アプローチは峡谷から運んできたような岩を積み上げ、丈の低い松を植えたトンネルをくぐるように造られていた。自動ドアが開くと、二人の到着を待ちかまえていたように、和服姿の女性が三人駆《か》け寄ってきて頭を下げた。

茶屋はフロントで宿泊カードに署名した。

白髪まじりの痩せた男が出てきて、亜季に笑顔を向けた。茶屋に名刺を出した。支配人だった。

「茶屋先生においでいただき、光栄でございます」

支配人にならって、フロント係も客室係も深く腰を折った。

窓際にソファが並んでいる。ガラス越しに深い谷を見ることができた。白い中洲《なかす》のある黒部川だ。対岸は緑の樹木をぎっしりつけた垂直の崖《がけ》で、ところどころに岩がむき出しになっている。川面は両岸の色を映し、細かい皺《しわ》を動かしている。流れの速さのせいだろう。

茶屋はしばらく谷を眺めてからソファに腰を下ろした。笑顔の亜季と向かい合った。

岩壁に溶けそうな色の和服の女性が、湯気の立つコーヒーを持ってきた。彼女は水を入れた大ぶりのグラスを置き、「鐘釣で汲《く》んだ水です」といった。そういえばここは名水の里として知られている。黒部の人たちは、水の味に自信を持っているのだった。

「ご挨拶《あいさつ》が遅くなりました」女将《おかみ》があらわれた。彼女は、茶屋と亜季を見比べるようにして微笑むと、

「のちほどでけっこうですので」

といって、色紙と筆ペンを茶屋の前へ置いた。

茶屋は、いく先ざきで揮毫《きごう》を頼まれるので、こういうことには馴れている。色紙を膝に置いて窓を向き、呼吸をととのえてから筆を持った。

「ゆたかなる水よ大地よ黒き谷」

女将は色紙を両手で受け取ると、額《ひたい》に押しつけた。

彼の脇に控えていた客室係の女性が鞄を提げた。

案内されたのは六階の特別室だった。

「わーあ、すごい。部屋の中で迷いそう」

亜季は、洗面所や浴室も見てまわった。

茶屋は窓辺から川を見下ろしていたが、亜季に呼ばれて次の間をのぞいた。

部屋が四つある。和紙で包まれたようなスタンドのある部屋には、やがて布団が延べられるのだろう。その奥の部屋には鏡台が据えられていた。洗面所は三面鏡だ。

客室係は、はしゃいでいる亜季を見て笑っていたが、真顔になって非常口を教え、露天風呂の場所などを説明した。二十二、三歳の彼女は、茶屋と亜季の間柄をどう想像しているのだろうか。

亜季はこのホテルの勝手に通じているといって、二人分の浴衣《ゆかた》を抱えた。

陽のあるうちの湯浴《ゆあ》みに、茶屋は少しばかり後ろめたさを覚えたが、亜季のあとにしたがった。

露天風呂は地階だった。川面に近いところである。

「わたしのほうが遅いかしら?」

紅《べに》色ののれんの前で、彼女は茶屋の顔を仰《あお》いだ。

「先に出たら、そこで待ってて」

彼女は竹を組んだ椅子を指差した。そこには「黒部の水」と太書きされた樽《たる》が据えてある。

黒い石造りの大きな湯槽《ゆぶね》を湯気が這っていた。誰もいなかった。たぶん女湯のほうも同じだろう。

ガラスのドアを開けると、川風が入ってきた。露天風呂はひょうたん型だった。岩のあいだから湯が落ちている。ここの湯は、七キロ上流の黒薙が源泉で、源泉は九一度。一日三千トンと湯量は豊富だ。透明で、ほとんど匂いはない。

茶屋は、タオルを頭にのせ、首まで浸《つ》かった。緑の断崖の頂上部分に薄陽が当たっている。

亜季は浴衣に着替えて出てくるにちがいない。温泉を浴びて、茶屋と夕食をともにするだけでなく、泊まっていくつもりなのではないか。

彼女は地元の人である。女将とも支配人とも顔見知りのようだった。そういう宿へ男と泊まるのだとしたら、豪胆《ごうたん》な女性である。恥じらいの感情など微塵《みじん》もない女性なのか。

茶屋と知り合って、二時間ばかりしか経《た》っていないのに、すでに何か月も前からの親密な間柄のようではないか。このことを、彼女の父親が知ったら、茶屋はタダではすまされないような気がする。

彼女の父親の職業は便利屋だというから、海千山千ではないのか。「よくもうちの生娘《きむすめ》を」といって、刺青《すみ》の入った腕をめくりそうだ。茶屋の素性を知れば、これは銭になるカモとみて、大枚を強請《ゆす》るかもしれない。

もしかしたら亜季が茶屋を見て、「この男は商売になる」と踏んだということも考えられる。彼女はいまごろ、露天風呂の縁《へり》に腰掛けて、父親に電話しているのではないか。二人が部屋にもどったころを見計らって父親があらわれ、「やい、このド助平《スケベ》」などと、ドスを利《き》かせた声で押し入ってくるのでは。

父娘《おやこ》はグルなのだ。日夜、金になりそうな温泉客を狙って、目を光らせていたのだろう。

茶屋は、熱くもなく、ぬるくもない湯に首まで浸かりながら身震《みぶる》いした。自分が蜘蛛《くも》の巣にかかってもがくか細い虫になったような気がした。

もう逃げ出すわけにはいかない。見ている人がいないのだから、二人が同じ湯槽に浸かったと思われてもしかたがない。湯槽の中で抱き合って、いかがわしいことをしたにちがいないと、決めてかかる人も少なくないだろう。

茶屋は唇を嚙《か》んだ。少しばかり世間に名が知られるようになっている自分を忘れていた。いままで彼に旅行記やエッセイを書かせていた週刊誌は一斉に手の平を返したように

「こと女性に関しては見境のない男」と、必要以上に大きなタイトルをつけた記事を載せそうだ。

そうなったあとの茶屋次郎は、山や川や海や岬を、文章でどんなに美しく盛り上げても、読者の支持は得られなくなる。その前に各地の温泉場からは、「どうか当地にだけはこないで」という希望が各出版社に送りつけられることだろう。

彼はもう一度身震いした。山頂に当たっていた陽が消えた。谷底の黒部川が暗くなった。

彼は顔だけをぷるっと洗った。ゆっくりからだを温めていられなくなった。女湯との境の壁に耳をつけてみたが、湯音はきこえない。亜季はもう上がったのか、それとも茶屋をどう料理しようかと、湯の中で策を練っているのだろうか。

彼は浴衣に袖を通さず、脱いだ物を着直した。

ジャケットを抱えるとケータイが鳴った。

サヨコだった。

「いまごろ峡谷鉄道かと思ったけど、なんの物音もしませんね。まさか、明るいうちから、温泉ということはないですよね」

「それどころじゃない」

「えっ、またなにか起こったの？　ヒントでいいから、教えて」

「私の生死にかかわる問題だ」

「それはまた……。じゃ、わたしたちも、これからのことを考えたほうがいいの？」

「あとで、ゆっくり話す。もう電話するな」

「そう。待ってるわ」

3

「黒部の水」の前に亜季はいなかった。

茶屋はペーパーカップに水を注ぎ、一気に飲み干した。

小さな足音がして、浴衣姿の亜季が紅色ののれんを分けてきた。脱いだ物を抱え、顔も襟元《えり》も紅く染めている。そこからは芳香が立ちのぼっているはずで、急に少女から女に成長したようである。が、彼は心を鬼にして、上目遣《うわめづか》いに彼女の顔を観察した。

彼女も樽の水を注いだ。腕を伸ばしたので腋《わき》がゆるんでか、抱えた服の中からブラジャーがするりと抜けた。

「きゃっ」

彼女は小さく叫んでそれを拾い上げ、浴衣の襟の中に押し込んだ。

もしかしたら、それも演技かもしれなかった。ブラジャーをしていないのを、茶屋に知らせたのではないか。抱えている服のあいだには、脱いだパンティも押し込まれていそうな想像も湧いた。

彼女は湯熱が染めた紅い喉を彼に見せて、水を飲んだ。

「ああ、気持ちよかった。露天風呂は久しぶり」

二人は影のない長い廊下を並んで歩いた。

「茶屋さんは、どうして、浴衣に着替えなかったんですか?」

予想していた質問だ。

「こう見えても、私は取材にきているのを忘れていない。だから寝るまではこの恰好で」

「ふうーん」

彼女は、ちらりと彼を見てからエレベーターのボタンを押した。

フロントには、チェックインをしているらしいカップルが二組いた。かなりの年配者だった。

部屋にもどると亜季は、茶屋と自分のタオルを洗面所のタオル掛けに広げた。

茶屋は窓辺に立った。谷底の川には夕闇がせまっていた。

「ビール飲んで、いいですか?」

「どうぞ」

茶屋はそういったが、亜季は未成年ではないのか。それをいうと、

「そう、十九なの。わたし、中学のときからお父さんの相手をしてて、お酒飲んでるんです」

彼女は冷蔵庫を開けるために膝を折った。浴衣のまるい尻が座敷を向いた。茶屋はそれを見逃さなかった。彼女の浴衣の薄布の中はなにも着けていないようである。

亜季は棚から取り出した二つのグラスを、洗面所で洗った。きれい好きな性分のように見える。

「温泉に入ったあとのビールって、おいしいですね。カンパイ」

彼女はまちがいなくここへ泊まっていく気だ。このホテルの人たちがどういう目で見ているかなど、毛先ほども気にしていないようである。

茶屋はビールを、グラスの半分ほど飲んだ。

「茶屋さんは、お酒、好きなんでしょ?」

「ああ。なんでも飲むけど。……あなたのほうが強そうに見える」

「まだまだ、そうでもないの。中学の同級生で、日本酒を五合ぐらい飲んで、平気な子がいます」

「あなたは、毎日飲むの?」

「たまにです」

「お父さんと一緒？」

「友だちと飲むほうが多いです」

「亜季さんは、高校を卒業してから、お父さんのお仕事のお手伝い？」

「わたし、高校を、二年でやめたの」

不良だったのではないか。

「勉強が嫌いになったの？」

「それもあるけど、担任と体育の先生が、わたしのこと、いやらしい目で見るもんだから、気味が悪くなって」

教師も人間だ。高校生になれば教え子に性的魅力を感じることはあるだろう。

「お父さんは、あなたが高校を中退するといったら、反対したでしょ？」

「反対しなかった。嫌なら、無理にいくことないっていったもんだから、次の日にやめました」

父娘は、性格も似ているのではないか。

亜季はもう一本ビールを出してきた。湯熱に塗りこめられていた肌はすっかり冷めている。今度は、酒が顔を染めるのではないかとみているが、いまのところなんの変化もない。

茶屋は、彼女の身内の素性にさぐりを入れた。警戒する必要があったからだ。

「あなたのお父さんは、黒部の生まれなの？」

「そう。おじいちゃんも、その前のおじいちゃんも。……茶屋さん。なにかおつまみ欲しくなっちゃったから、頼んでいいですか？」

腹がへったのだろう。茶屋は、嫌とはいえないので、首を縦に振った。

亜季はフロントへ電話した。

「お父さんは、前から便利屋を？」

「ずっと前は、石屋だったんだって」

「石碑に文字を彫ったりする？」

「おもに建築関係の仕事をしていたらしいの。だから、からだは大きいし、力持ちです」

そのうえ、酒癖《さけぐせ》もよくないのではないか。

「じゃ、黒部には、お父さんのご兄弟がいるんだね？」

「お父さんのお兄さんが二人います」

「会社勤めの人？」

「上のお兄さんは金融業なの」

「金融……」

「消費者金融っていうのかしら。隣の魚津市にも富山市にも店があるんですって。それから、富山では飲み屋さんも経営しているんですって。おじいちゃんの代までは質屋をやってたんだって。……下のお兄さんは建設業。家の横に、穴を掘る機械やダンプカーが、何台もとまっているの」

入口で女性の声がして、いくつかの器《うつわ》を盆にのせてきた。

「間もなくお食事のご用意をさせていただきますので、軽めの物を持って参りましたが、よろしいでしょうか?」

皿にのっているのは甘エビの干物。つやつやしていて真っ赤である。二つの小鉢には、ホタルイカの活漬《いきづ》けが盛られていた。いずれも富山湾で獲れたものだ。

亜季はつまみを持ってきた客室係に、日本酒を注文した。とても十九とは思えない。

亜季のケータイが歌をうたった。

「さっきね、さっきっていうか三時ごろ、エリとかっていう人から、お父さん、今夜はこれないかしらってきかれたよ。そんなこと、お父さんに訊いたらっていっといた。ほかにはないよ。うん、いまね、翠峡荘。お父さんが、誰かからもらって、ときどき読んでる週刊誌に、記事を書いてる茶屋次郎さんっていってね、えっ、知ってるの。そう、ああそうなの。……大丈夫よ、大丈夫。わたし、しっかりしてるから。うん、うん。じゃあね」

亜季はケータイを二つ折りにした。

「うちのお父さんね、彼女から茶屋次郎さんの名前を聞いていたって」

「お父さんの彼女は、若い人?」

茶屋は、甘エビの干物を摘《つ》まんだ。薄塩で素朴《そぼく》な海の味だ。

「これは旨い」

彼はもう一尾口に入れた。エビの髭《ひげ》が喉にからんで、咳《せき》が出た。

「みんな若い人」

「みんなって、彼女が何人もいるの？」

「最低三人はいます」

亜季はホタルイカの活漬けを食べ、

「これ、大好き」

といった。

「亜季さんは、お父さんに彼女が三人もいるのを、どうして知ってるの？」

「お父さんのケータイ、見たんです」

「父娘でも、それはルール違反じゃないかな」

「お父さんは酔っぱらって、ケータイ放り出したまま寝ちゃうんです。夜中に電話やメールがいくつも入るの。うるさいんで、メールを見たんです。そうしたらね、恥ずかしいこと、いっぱい書いてあったの」

「恥ずかしいこととは？」

「さっき電話してきたエリっていう人のとこへは、お父さん、何日もいってないらしいの。だもんで……」

彼女はビールを飲み干した。顔色はまったく変わっていない。

「エリっていう人はね、『わたし、十日もしないと、気持ちが落ち着かなくて、まちがったことばっかりしたり、もやもやして、顔が熱くなったり、お皿を割ったり。わたし、根っからエッチな女なのかしら』なんて」

「ほう。ほかの二人は？」

「キクコっていう人はね、おとなしそうなの。『ゆうべは、お夜食つくって待っていましたのに、忙しくて、これなかったのね』なんて」

「もう一人は？」

「ヨシエっていう名で、この人はすごく気が強そうなんです。『あしたの晩こなかったら、家へ押しかけてやるから』とか『一週間もしないでいられるわけがない。ほかに女がいるんじゃないの。もしもそうだったら、家に火をつけて、父娘を丸焼きにしてやる』なんて、脅《おど》してるの。でも、お父さんに訊いたら、『ヨシエがいちばんきれいだし、肌がすべすべだし、からだは蛇《へび》のようにしなやかで、一緒に飲んでいて楽しい』んだって。うちのお父さん、そういう話するときは、かならず『お前にゃ分からんだろうが』っていうの。……きのうの夜は、ヨシエっていう人から、『いい物件が見つかったので、一緒に見にいって』とメールが入りました。だからお父さん、今夜は、その人と一緒にすごしているんだと思います」

「亜季さんのお父さんは、モテるんだね」

茶屋は亜季の父親の素性を警戒していたが、女好きというだけなのではないか。

「やさしいとこもあるけど、怒ると恐いの」

「どんなとき、怒るの？」

「わたしが高校やめちゃってすぐのときだったけど、友だちと遊んでて、夜家へ帰るのが遅くなったの。でも十一時ごろだったかな、このホテルの近くで酒に酔った男の人に抱きつかれたの。おっぱいとズボンのここを摑《つか》まれたの」

亜季は股間を指差した。

酔っぱらいに抱きつかれた亜季が抵抗しているあいだに、手や足に怪我《けが》をした。暴れて、大声を上げて、男の手をふりほどいた。彼女は少しはなれた場所から父親に電話した。たまたま家にいた父親は彼女がうずくまっている場所へ駆けつけた。彼女を襲った男は近くをふらふらと歩いていた。

父親は男をつかまえて、警察を呼んだ。

男は警察署に留置された。翌日、その男の母親が亜季の自宅へあらわれた。それで男の氏名も、住所も、三十五歳で妻子持ちであることも、大手食品会社社員であることも分かった。

母親は、亜季父娘の前に両手を突いて、「どうか被害届を取り下げてください。息子はなにしろ、泥酔《でいすい》していたものですから」といった。

その言葉をきいた父親は顔色も目つきも一変させた。

「泥酔っていうのは、昼も夜も、男も女も、右も左も分からなくなっていることだ。出来そこないのあんたの息子は、暗がりを歩いているのが、若い女だっていうことが分かったんだぞ。おっぱいを揉《も》んで、あそこへ指を入れようとしたんだぞ。帰る家の方向だって分かってた。だから、正気だったんだ。なに、取り下げろだって。図々《ずうずう》しいことを、いうんじゃねぇ。親がそういうことをいいにきたところをみると、初めてじゃないな。これからも同じことをしでかすにちげえねえから、刑務所へ送ってやる」といって、母親を追い返した。

その次の日、母親はまたやってきた。

「うちの息子のことが会社に知れたら、勤めていられなくなりますし、わたしたちも恥ずかしい思いをいたします。いまのところに住んでいられなくなるかもしれません。後生です。どうかお許しください。お取り下げを」といって、厚めの封筒を差し出した。

「あんたの家族は、金さえ出しゃ、犯罪も揉み消してもらえると思って生きているのかい」

「いえ、これは、お詫《わ》びのしるしでございまして」

「そうかい。うちの娘に怪我を負わせたんだから、その詫びのしるしを持ってくるのは、当たり前のことだったな。じゃ、これは受け取っておく。だがな、被害を取り下げるのは意味がちがうよ」といって、また追い返した――。

「男の母親は、いくら包んできたの？」

茶屋は訊いた。

「百万円」

ふたたび背中に寒さを覚えた。父親の名が寅松《とらまつ》だと分かった。

「そのお金、どうしたの？」

「わたしには十円もくれなかったから、お父さん、女に遣《や》ったんじゃないかしら」

サヨコが電話をよこした。

「生きてるのね」

「なんとか」

「いったい、どうなってるの？」

「いま、肝心《かんじん》なところなんだ」

「この時間に、カンジン？」

「切るぞ」

茶屋は停止ボタンを押した。

「彼女から？」

亜季はにらむ目をした。

フロントから電話が入り、「夕食の準備がととのったので、二階へどうぞ」といわれた。

亜季は立ち上がると、浴衣の前を合わせて次の間へ消えた。洋服に着替えて食事をするのだという。一応、人目を心得てはいるようだ。

4

亜季の両親は離婚したのだというが、母親と兄には会っているのか、茶屋は二階へ移るみちみち訊いた。

「一か月おきぐらいには会ってます」

母親と兄は、富山市にいるという。母親は市の観光協会に勤め、兄は富山大学在学中だといった。母親が亜季を父親に押しつけ、息子だけを引き取ったのは、正解だったようだ。

二階ではすでに食事をはじめている客がいて、あちこちの部屋から話し声が洩《も》れていた。エビを焼く香《こう》ばしい匂いもただよっている。

亜季は、思いついたといって、鐘釣の旅館に電話した。

美池須笑子は鐘釣温泉にいて、亜季の電話に応じた。

電話を茶屋が代わった。

「お手紙をいただいたのに、連絡を差し上げなくて、すみません」

須笑子は、おとなしげな話しかたをした。

「わたしのこと、亜季ちゃんからお聞きになったんですね?」

「ええ。大変なことになっていますね。でも貫井さんの消息は?」

「いいえ。なにも」

彼女の声は細くなった。

東京から貫井の妹がきているし、彼の会社の同僚が代わるがわるきて、捜索に加わってくれているという。

茶屋はあした、鐘釣へいって、捜索に協力したいといった。

彼女は言葉丁寧《ていねい》に礼をいった。

亜季はこの席でも日本酒を飲《や》りたいといった。少しも顔色が変わらないところをみると、底抜けに強そうだ。

なぜか茶屋は酒好きの女性と縁があって、新庄市で知り合った弥矢子も強いほうだ。だが彼女は、酔いがまわってきて、妙なことをいいだすと、すぐに倒れるように寝てしまう。

目の前の亜季が、どんな酒癖なのかをみせるのはこれからだろう。

和服の客室係は、赤い襷《たすき》を掛けて料理を運んできた。

甘エビと厚く切ったフクラギの刺し身が旨い。富山ではハマチをフクラギと呼ぶ。魚のかたちが、ふっくらとした「ふくらはぎ」に似ているからともいわれている。

「お酒の肴《さかな》には、これも合うと思います」

客室係は、横長の皿に干物を四尾盛ってきた。

「わたし、これ大好き」

茶屋よりも先に亜季が手をつけたのは、ぎょろりとした目玉で、口を開けたゲンゲ。富山湾の深海魚だ。それから軽い味のミギス。塩焼きのタチウオも脂《あぶら》がのっていて旨い。

この料理をサヨコに写メールしてやりたくなったが、今夜はやめにした。今夜か明日の晩は、ほんとうにハルマキと、銀座・岩郷へいきそうだからだ。

美池須笑子は何歳《いくつ》なのかを、茶屋は亜季に訊いた。

「三十三か四だと思います」

「ずっと前から、鐘釣の売店で働いているの？」

「三年ぐらい前からじゃないかしら」

それまでの何年間かは東京に住んで、会社勤めをしていたらしい。だが、母親の具合が悪くなったので、帰ってきたのだという。

「須笑子さんは、ずっと独りだったのかな?」

「東京にいたときのことは、知りません。……茶屋さん、須笑子さんのこと、気になるの?」

「気になるというか、三十代の独身女性だから……」

茶屋は口ごもって、鍋の白身をすくった。

彼は、須笑子の手紙を読んだときから、どんな暮らしぶりの女性だろうと想像していた。手紙の文章は高潔でソツがなかった。さっきの電話での言葉遣いから、常識の心得のある人のように感じられた。少なくとも、一、二時間前に初めて会った男と、地元の温泉に入って、浴衣がけで一緒に酒を飲む女性とは、天と地ぐらいの開きがありそうである。

また、ケータイが亜季を呼んだ。

「いま、ご飯食べてるとこ」

どうやら相手は父親の寅松らしい。亜季がどんな娘なのかをよく知っているので、他所《よそ》にいても気が揉《も》めて落ち着かないのではないか。

「そうなの。茶屋さんはね、あした、鐘釣へいって、須笑子さんの彼をさがすんだって。うん、そうだよ。うん、うん、すごくいい男だよ。へっへっ、なにいってるの。……うん、分かった。そういっとくね」

亜季は電話を切ると、「お父さんね、あした茶屋さんと一緒に須笑子さんのとこへいくって」

「一緒に貫井さんをさがすんだね」

「茶屋さんのこと、ハンサムだろって」

亜季は顔を隠すように手を当てて笑い、「口が上手《うま》そうだから、だまされないように、だって」

きょうの茶屋と亜季の場合、他人はどう判断するだろう。茶屋が彼女に、「宇奈月温泉について訊きたいことがあるから」などと、言葉巧《たく》みに誘ったものとみられそうな気がする。

亜季は、十人並以上に可愛い顔立ちだし、スタイルもいい。彼が彼女に誘われてホテルの温泉に入り、客室で一緒に酒を飲み、夕食をしたといっても、信じる者は一人もいないだろう。それよりも、温泉に浸かる前に二人で布団に入っただろうと想像する者のほうが、圧倒的に多いと思う。

亜季は、デザートの柿を食べ終えると膝をそろえ、

「きょうはありがとうございました。とてもいい気分」

といって、畳に両手を突いた。いままでとは人がちがったようである。

少しは酒が効《き》いているらしく、靴を履《は》くときよろけていた。

彼女は、和服の従業員に見送られてホテルを出ていった。

茶屋は拍子抜けした気分で部屋へもどった。乱れ箱には亜季が脱いだ浴衣がたたまれていた。

テレビニュースを観たが、目を見張るような出来事は起こっていなかった。

テーブルの端に置いたケータイが振動した。

「先生、無事ですか？」

牧村だ。

「黒部川を下れといった者が、私の身を心配するのか」

「そりゃそうですよ。うちの社にとって茶屋先生は、いまのところ、大切な書き手ですから。……事務所のおねえさんがいうには、先生には、生命の危機が迫っているということでしたが、声を聞くと、平穏にすごされているようですが？」

「ああ、生命の危機を脱したところだ」

「いったい、どこで、どんなことが起こったんですか？」

「宇奈月温泉に着いて、例の女性の自宅を訪ねたんだ」

「手紙をくれた女性ですね」

「彼女の彼が、黒部峡谷へハイキングにいったまま、行方《ゆくえ》不明だということが分かったんだ」

「いつですか？」

「九月二十二日」

「二週間経過してますね」

「それで彼女は毎日、彼の行方をさがしているんだよ」

「きれいな字を書く人なのに、気の毒ですね」

「そうだろ」

「でも、先生とは、なんの関係もありませんね」

「あんたは、根っから薄情なんだね。そういう目に遭《あ》っている気の毒な人に、なにかこう手を差し延べてやるとか、役に立ってあげたいとか、そういう思いやりがはたらかないのか？」

「気の毒な目に遭った人は、全国に数えきれないほどいます。ついこのあいだ、うちの三軒隣のおばあさんは、五十歳の娘と歩いていて、娘がトラックにはねられ、重傷を負いました」

「見舞いにいってあげたか？」

「どっちへですか？」

「おばあさん、いや、娘さん……。両方にだ。そんなこと、取材先にいる私に訊かないでもらいたい」

「先生」

「なんだ？」

「そのホテルの食事が、期待した味じゃなかったんじゃないですか？」

「どういうこと？」

「なんとなく、ご機嫌がよくなさそうです。それとも、呼んだコンパニオンが、警察署か消防署の受付みたいに、無表情で、無愛想で、もの知らずで、そのうえ不器量だったんじゃ」

「もういい。私は、あしたのプランを練る」

茶屋は電話を切った。

窓辺に立った。外は漆黒の闇だが、深夜と呼ぶにはまだ間があった。酒酔いの実感もなく、どこか中途半端な夜である。

5

ホテルのレストランで、新聞を広げながら朝食をしているところへ、背中から、

「お早うございます」

と、男女の声が掛かった。

茶屋は、新聞を持ったまま振り向いた。

きのうの冬本亜季が、肩幅の広い男と立っていた。

「ゆうべは娘が、すっかりご馳走になったそうで」

寅松だ。顔の下半分は無精髭《ぶしょうひげ》を伸ばして墨《すみ》を塗ったようである。胸板は厚く、声は低くて、太い。細い目の奥に小さな瞳が光っている。きのうの亜季の話だと、この男には最低三人、親密な間柄の女性がいるということだった。

「先生のお顔は、本の写真で見て、前から知っていました」

「それは、どうも。どうぞ、コーヒーでも」

茶屋がいう前に、亜季はコーヒーを取りにいっていた。

寅松も亜季も厚手のシャツを着て、山靴を履いている。

「須笑子さんの彼のこと、放っとけないんで、きょうは先生と一緒に山に入ります」

父娘で貫井雅英の捜索に参加するというのだ。

「須笑子さんはよろこぶでしょう。貫井さんは、もう二週間以上……。いったいどうしたんでしょうね」

茶屋はいいながら、タバコに火をつけている寅松の表情を盗むように窺《うかが》った。この風体《ふうてい》の男に、「よくも娘をかどわかして」などと凄まれたら、茶屋は怯《ひる》んで、思っていることの半分も口にできないような気がする。

周りで食事をしている宿泊客は、寅松にちらちらと目を向けている。それほど彼はこのレストランで目立っているのである。

亜季が三人分のコーヒーを運んできた。

父娘は、しっかり朝食を摂《と》ってきたといい、亜季は白い布袋を軽く叩いてみせた。

「三人のお昼。早く起きて、わたしがつくりました」

けさの彼女はきりりとした眉《まゆ》をしている。

茶屋はあらためて父娘を見比べた。二人の似ているところといったら、背が高い点ぐらいだ。

富山地方鉄道の宇奈月温泉駅と、黒部峡谷鉄道宇奈月駅は一〇〇メートルほどはなれている。駅の向かいに黒部川電気記念館があった。そこには黒部川電源開発の歴史が、映像と立体模型で展示してあるという。

きょうの天気予報は、曇りときどき晴れ。

すでにトロッコ電車に乗る観光客の列ができていた。

この鉄道は、標高二二四・五メートルの宇奈月から五九九・一メートルの欅平までの二〇・一キロメートルで、一時間二十分を要する。もとは電源開発用資材運搬用に敷かれたもので、開通の一九二六（大正十五）年当時は、「黒部軌道」と呼ばれていた。

初めは現在の路線の約半分の猫又《ねこまた》までだったものが、一九三七（昭和十二）年に欅平まで延長された。大小四十一のトンネルをくぐり、二十二の橋を渡るトロッコの旅は、スリルを味わう客で、特に夏場はごった返すのだという。

茶屋たちは窓のない吹きさらしの車両に乗った。彼の前が赤いリュックを背負った亜季。寅松は車両の中央、茶屋の右手にどんとすわって腕組みした。この電車には数えきれないほど乗ったのだろう。

開業当時から登山者などを便乗させていたが、その切符の裏に、「……生命ノ保証セズ」という但書《ただしがき》があったという。

電車はひと揺れしてから発車した。すぐに新山彦橋《しんやまびこ》を渡り、黒部川右岸に移った。右手の宇奈月ダム脇にヨーロッパの古城を思わせる建物があらわれた。新柳河原《しんやながわら》発電所だ。

ダムをすぎると渓谷らしくなってきて、頬に当たる風が冷たい。川幅はせまくなり、谷が深くなった。

「ここで支流の黒薙川に沿って走り、いったん本流からはずれます」

寅松が突然、観光ガイドのようなことをいった。

ほとんどの乗客が谷をのぞいている。

黒薙に着いた。

「ここは標高三二六メートル」

寅松は前を向いたままいった。

「いま渡っているのが、後曳橋《あとびきばし》。高さは六〇メートルで、この鉄道では一番高いです」

茶屋はカメラを取り出した。垂直の岩壁を白い流れが落ちている。岩山を掘り抜いたままのトンネルに入った。車両はきしんで金切《かなき》り声を上げた。

彼の前にいる亜季は眠っているのか、少しも頭を動かさない。彼女らにとっては見飽きた景観なのだろう。茶屋はふと、ここを週に五日往復していたという美池須笑子は、どんな容姿の女性だろうかと昨夜の彼女の電話の声を思い出した。

「信州では、谷のことを沢っていいますが、越中《えっちゅう》では沢を谷《たん》といいます」

寅松がいった。富山の人の言葉は語尾に「ちゃ」をつけるが、寅松の言葉には訛《なまり》がほとんどない。

「そういわれれば、長野県には沢とつく姓が多いですね」

茶屋は寅松に相槌《あいづち》をうった。

「あれが、ねずみ返しの岩壁」

寅松が垂直の壁を指差した。高さは二〇〇メートルだという。

電車は左岸に移った。鐘釣へは一時間だった。ここの標高は四四三メートル。駅から万年雪が見られた。

茶屋たちとともに何人かの観光客が降りた。

駅を出たところでケータイを耳に当てた亜季が、悲鳴を上げた。彼女は、天を仰いで棒を呑《の》んだように動かなくなった。

後ろを歩いていた茶屋と寅松は、彼女に駆け寄った。

亜季はケータイを寅松に渡した。

うなずいていた寅松は、唇を噛んだ。「分かった」というと、彼も空を仰いだ。

茶屋は寅松の、わざと汚したような顔を見つめた。

「貫井さんが、見つかった」

寅松は空を向いたままつぶやいた。

貫井は、遺体で発見されたのだという。

いまの電話は須笑子からで、山中で見つかった貫井の遺体は、間もなく鐘釣駅の近くへ運ばれてくるという。

亜季は、リュックを背負ったままうずくまった。彼女は人の不幸に弱いようだ。

貫井は二週間以上も消息不明だったのだから、無事でいるはずがなかった。彼の家族も須笑子も、覚悟はできていたにちがいない。

彼はどんな場所で、どのような状態で発見されたのか。ハイキングに入山した者が、なぜいままで見つからなかったのだろうか。

茶屋は幾重《いくえ》にも入りくんだ谷を眺めた。丈の低い木が密生しているところも、荒あらしい岩を露出している部分もあった。底のほうには薄い霧が張っていて、ナタで削《そ》ぎ落としたような岩壁を湯気のように這い昇っていた。

須笑子は美山荘へやってきた。白い帽子をかぶり、紺色のウェアを着ていた。帽子を脱いだ彼女は細面《ほそおもて》だった。目は赤く、疲れきった顔をしていた。茶屋に短い挨拶をして頭を下げた。寅松と亜季を見ると、張りつめていたものがゆるんだように、涙をためた。

須笑子の後ろには、貫井雅英の妹がいた。その後ろには五、六人の男がいた。貫井の会社の同僚だった。

彼らの話によると、富山県警山岳警備隊員や、峡谷鉄道の職員らが、代わるがわる手分けをしては捜索に加わっていた。けさは山岳警備隊が、これまで踏み込んでいなかった谷筋に入った。貫井は、鐘釣駅の東約一・五キロの百貫谷《ひやっかんたん》の岩壁で発見されたのだという。

その話をきいた寅松は、板の間へ地図を広げた。鐘釣駅の東二キロあまりのところに百貫山（一九六九・八メートル）があり、その裾《すそ》に向かって、えぐられたような谷筋があった。

「山歩きの経験の少ない人が、なんでこんな深い谷に？」

寅松はつぶやいた。

谷には両側から幾筋もの滝が落ちており、底は急な流れであるため、岩壁を横這いするしかない。そんな難所へ、貫井はなんの目的があって入ったのかというのだ。

遺体は、山岳警備隊が収容した。間もなくこの近くへ運ばれてくることになっているらしい。

美山荘へ十人ほどの警察官が着いた。宇奈月から電車でやってきたのだろう。顔の大きい警部が須笑子を旅館の奥の部屋へ呼んだ。たぶん、貫井がハイキングに出た朝のようすを詳しく聴くためだろう。

ほどなく遺体が着いたという連絡が入った。

貫井の妹と須笑子は、手を取り合うようにして旅館を出ていった。

三十分ほど経ったろうか。二人はまた肩を触れ合うようにしてもどってきた。さっきよりも顔は蒼《あお》く、目は赤かった。

茶屋と冬本父娘は、遺体を発見し、収容に当たった山岳警備隊員から貫井の状態を聞いて、目を剝《む》いた。

貫井は、谷底から約五メートル上の場所で、首にロープを巻いて宙吊《ちゅうづ》りになっていた。

ロープの端は、頭上の木の幹に結ばれていた。一見、首吊り自殺のようだった。

茶屋と寅松は顔を見合わせた。

貫井雅英には本格的な登山経験がなかった。そういう人は、ロッククライミングに用いるロープを携行しないだろう。もしロープを持っていたら、前日から一緒にいた須笑子が知っているはずだ。

鐘釣から奥へ向かってハイキングする計画だったのに、方向ちがいの場所で発見された。しかもその場所には登山道はなく、登山者でもめったに入り込まない深い谷筋。そういうところへいく必要はなかったはず、と須笑子は答えているという。

三章　最後の晩餐《ばんさん》

1

かずかずの謎をふくんだ貫井雅英の遺体は、警察の手に委《ゆだ》ねられた。これから死因解明の検査をするのだろう。

美池須笑子は、貫井の妹・映子《えいこ》とともに、鐘釣から宇奈月行きの電車に乗った。彼女たちに茶屋と冬本父娘がつづいた。同じ車両には、富山市からやってきた貫井の同僚も乗っている。

「いままで、なぜ見つからなかったんでしょうか？」

茶屋が、横の寅松に話し掛けた。

「貫井さんは、欅平までいくといっていたらしい。それでいままで、あの辺《あた》りや、猿飛峡の回遊歩道や、ハイカーが立ち入りそうな場所をさがしていたんです。たぶん山岳警備隊の中に、めったに人が入らないような谷筋をさがしてみたらっていう案を、出した人がいたんでしょう」

「私はさっき、遺体の状態をきいていて、おそらくは本人の意志で、発見現場へ入ったんじゃないような気がしました」

「岩壁に宙吊りとは、妙です。絶望とは思っていたが、まさか百貫谷とは……」

寅松は朝と同じで、前方を向き、腕組みした。

後ろから亜季が、ペーパーカップに注いだお茶を差し出した。きのうはホテルで、飲んだり食べたりするだけだったが、きょうの彼女は気づかいが細かい。人の哀しむ姿を見て、やさしくなったのではないか。

宇奈月に着いた。

サヨコには茶屋の行動が見えているのか、電車を降りると同時に電話をよこした。

茶屋は、須笑子の家へ向かう一行のあとについて歩きながら、行方不明になっていたハイカーが、遺体で発見されたと話した。

「そう。じゃ、書けるわね」

彼女は完全に「女性サンデー」の回し者となっている。たいていの男が惚《ほ》れぼれするような容姿なのに、人を哀れむ心など毛先ほども持ち合わせない、氷の女だ。

「わたしの家も、ゆうべからてんやわんやなんです」

彼女の語調が変わった。

「おふくろが、子を産んだとでもいうのか？」

「うちの母は五十だから、もう産まないし、産むための行事もしてないと思います」

「じゃ、なにがあったんだ？」

「お隣のおじいちゃんが、日付が変わると八十歳になる三分前に、息を引き取ったんです。わたし、人が亡くなる瞬間を見たの、初めてでした」

「その人、病気だったのか？」

「脳梗塞《のうこうそく》で二回倒れたんです。ゆうべ十時ごろ、お医者さんがきたのを知ったので、母とわたしがいって、見てたんです」

「お前は、酒を飲んでなくて、よかったな。そのおじいちゃんとは親しかったんだな？」

「わたしが小学生になる前から、映画を観に連れていってくれたし、美術館へもよくいったの」

「七十九なら、平均寿命っていうところじゃないか」

「偉いでしょ」

「誰が？」

「おじいちゃんですよ」

「どんなふうに偉いんだ？」

「息子が定年退職して無職だっていうのに、生きつづけている人、いるじゃないですか。世間体も、周りの人に迷惑かけてるのも気づかず、三度三度、ちゃんとご飯食べて、どこも悪くなくて。……おじいちゃんは、そういうふうになってはいけないのを知って、ゆうべ」

まるで自殺したようないいかただ。

「その家の息子は、いくつなんだ？」

「五十三」

「おじいちゃんの連れ合いは？」

「二つ下で、元気なの」

「今夜も早く帰って、せいぜい供養してやることだな」

急に空が暗くなって、雨が降ってきた。

須笑子も貫井の妹も傘《かさ》をささず、傷を負った者同士が寄り添うように黙々と歩いていた。

亜季は、須笑子の家へ入っていった。葬式の準備をするわけではないので、茶屋も寅松も所在がなくなった。

腹がへった。リュックには亜季がつくってくれた握り飯が入っているが、温泉街の路上で、男二人がそれを食べるわけにはいかない。

茶屋は、ゆうべの宿の翠峡荘へ寅松を誘った。

「いいですね。先生とゆっくり話しますか」

二人は、ホテルのレストランで遅めの昼食を摂《と》ることにした。二人とも、ほんとうは握り飯を食べたいのだが、といいながらメニューを開いた。

「先生。やっぱり酒ですね」

「そうしましょう」

レストランにはカップルが二組いるだけだ。一組は夫婦と思われる六十代。夫は会社を勤め上げたといった感じだ。一組は二十代。恋人同士なのか。男性は紺色のスーツだが、女性は自宅を抜け出してきたような服装である。男性は彼女に小さな包みを手渡した。彼女は目を細くして、包みのリボンを慎重な手つきでほどいている。彼が彼女に、誕生日のプレゼントを届けにきたのではないか。

「須笑子ちゃん、いい女でしょ？」

寅松は、ビールを一口飲むと頰をゆるめた。

「疲れた顔をしていましたが、そこはかとない魅力が」

「私は、あの娘が生まれたときから知っているんで……」

手は出せない、といっているようだ。

「三年ぐらい前までの何年間か、東京で働いていたそうですが、どんな仕事をしていたのか、冬本さんはご存じですか？」

「たしか福祉関係の仕事をしてたということです。社会福祉士とかいう資格を持っているそうです」

「お母さんのからだの具合がよくないので、実家へもどってきたということでしたが？」

「いや。須笑子ちゃんがもどってきてから、さち江《え》さんは病院通いをするようになったんです」

さち江というのは母親の名だという。寅松は、亜季の記憶を訂正した。さち江は腎臓を病んで、三か月ばかり入院しているうち、妙なことをいいはじめた。

「独り暮らしをしているときは、しゃんしゃんしていたんだが、須笑子ちゃんがもどってきて、それまでさち江さんがやっていたことを、取り上げてしまった。須笑子ちゃんにしてみりゃ親孝行のつもりだったんだが、さち江さんのほうは、張りつめていた気が緩《ゆる》んで、病気になった。入院していりゃやることがない。それで、ボケがはじまった。苦労を重ねた人によくあるケースです」

さち江の夫は、建材会社に勤めていたが、二十年ほど前、トラックを運転中、事故に遭って死亡した。さち江には息子がいたが、十五年前、友だちと遊んでいるうち、黒部川に落ちて死亡した。したがって、さち江と須笑子の二人暮らしになった。

須笑子は地元の高校を出て、いったんは市内の企業に就職したのだが、福祉の仕事を望んでその関係の勉強をしているうち、知人の紹介を経て東京の福祉施設に転職したのだという。

「都会へ出ていって、派手な仕事に就きたがる女の子もいるのに、福祉の仕事をするとは、やさしい女だと私はみていました」

「さち江さんは、病気になるまで働いていたんですか？」

「この地方じゃ名を知られている、醤油《しようゆ》と味噌《みそ》の醸造《じようぞう》所に勤めていたんです。毎朝、六時には家を出て、歩いて三十分のところです。一日も休んだことのない働き者でした」

東京で働いていた須笑子はさち江に、帰ってくるようにと呼ばれたのか、と茶屋は訊いた。

「いや、須笑子ちゃんは、自分の意志で帰ってきたようです」

実家にもどった須笑子は、一か月ばかり経って、峡谷鉄道の売店に勤めはじめた。

茶屋は寅松の話を聞いて小首を傾げた。

須笑子は社会福祉士の資格を得ているのに、なぜここの福祉関係施設に勤めなかったのか。

「私も、そのへんに疑問を持ったことがありました。東京で貴重な経験をした人なんだから、その関係の施設で働きゃいいのにと思いました」

寅松は二杯目のビールを飲んだところで、ジャンパーのポケットに手を入れた。

「ちょっと失礼」

といって、ケータイを耳に当ててから横を向いた。

「いま、大事な人と会ってるんだ。なにをいう。男の人に決まってるじゃないか。いや、きょうも忙しい。知り合いの人が亡くなったもんでな」

彼は眉間《みけん》に皺《しわ》を寄せて電話を切った。掛けてきたのは女性にちがいない。亜季の話によると、寅松には最低三人、親密な間柄の女性がいるということだ。なにをしている女性なのか、どんな容姿なのか、茶屋は見たいものだと思った。

レストランへ亜季がやってきた。

「須笑子ちゃんは、どんなふうだ?」

寅松が訊いた。

「お昼を食べたら、眠くなったっていって布団に入ったよ。どっと疲れが出たみたい」

貫井の妹の映子も疲れはてたようすで、端渓苑に泊まるといって出ていったという。

捜索に参加していた貫井の同僚たちは、富山市へ帰ったようだ。

亜季の話で、貫井が勤めていたのは、富山市の出水《いずみ》製薬だと分かった。

彼の実家は東京都世田谷《せたがや》区。そこには両親がいる。両親はあした、黒部へくることになっているという。

貫井は、都内の大学を出て出水製薬に入社。富山市の本社に五年いて、東京支社に転勤し、四年前にまた本社勤務になった。本社にもどって約一年は会社の寮にいたが、その後は市内の賃貸マンションで独り暮らしをしていた。

彼は、ロープで首を吊った状態で発見されたが、自殺の動機など考えられない、と捜索に当たっていた同僚たちは話していたという。

「自殺でなけりゃ、殺されたことになる」

寅松はタバコをくわえた。

「わたしも、そう思う」

きょうの亜季は、きりりとした目をしている。

茶屋はあらためて父娘を見比べた。どう見ても寅松は、代々悪事をはたらいてきた血筋を継いだような顔なのに、なぜこれほど父親に似ない子が生まれるものなのか。亜季は、美人にちがいない母親によく似ているのだろう。

彼女の母親は、寅松の女癖に愛想をつかして別れたようだが、女房にそっくりの娘と二人で暮らすことになった。娘は成長とともにますます別れた女房に似てくる。なんだか妙な気分なのではなかろうか。

「早く、夕方にならないかな」

亜季は両手を高く上げて伸びをし、あくびをした。夕暮れが近づいたら、温泉に浸かり、そして酒を飲みたい、とその顔はいっていた。

2

亜季の望んだたそがれが迫った。黒部川が墨を吸ったような色に変わった。

サヨコの定期便が入った。

「先生はホテルで、なにをしてるんですか?」

「黒部川探訪を、どう書こうか、考えているところだ」

「手紙をくれた人の彼、どんな死にかたしてたんですか?」

「人が踏み込んだこともないような、深くて暗い谷筋の絶壁で、首にロープを巻いて……」

「うわあ、ぞくぞくする。……よかったですね、先生」

「よかったとは、なにが?」

「わざわざ峡谷鉄道に乗ったのに、ガイドブックに書いてあるのと同じことしか書けなかったら、『女性サンデー』は、先生に取材費を出すどころか、罰金を請求するかもしれなかったじゃないですか。……山登りのベテランでもない人が、そんなすごい谷筋の絶壁で、しかも宙吊り死してたなんて、それ、事故じゃなくて、事件よ、事件。運がいいわ、先生は。これでわたしもハルマキも、茶屋事務所に、もうしばらく勤めていられます」

サヨコには牧村の人格が完全にのり移ったようだ。

「ハルマキは、どうしている？」

「いま代わるね」

「先生」

全身の力が抜けそうな声である。「そっちの食べ物、おいしいですか？」

ハルマキとサヨコは、脳の構造がまったく異なっているらしい。

「富山湾のエビとイカの旨さは、ほかの海のものとは比べものにならない。それから冬の味覚は、ズワイガニだな。焼いて食う」

「いやっ。まだご飯どきじゃないのに、食べ物の話、しないで」

「お前が訊いたから、話してるんじゃないか」

ハルマキと話していると、こちらも眠くなってくる。

「先生、聞いて、聞いて」

「聞こえてる」

「牧村さんが今夜、下北沢《しもきたざわ》へ芝居に連れてってくれることになったの」

「お前に分かるような芝居だといいが」

「このごろ、人気上昇中の、春原梅乃《はるはらうめの》と桜木《さくらぎ》チル子《こ》が出てるんだって。先生、知ってます？」

「知らない」

「芝居のあとは、なんとかいう珍しい食べ物ばっかり出す店ですって」

「その店なら知ってる。そこで食ったら、四、五日は飯がまずい」

「どうして？」

「猿の脳ミソや、鹿のあそこの輪切り。鳥のカワセミが飲み込んで、溶けかかったアユも出す」

「げっ」

亜季の横で寅松はケータイを耳に当て、真剣な表情でメモを取っていた。

「急な仕事が入ったの」

亜季には、寅松のケータイから漏れる相手の声が聞こえているらしく、父娘してうなずいていた。

「先生。一時間ばかり仕事をしてきます。お得意さんのおばあちゃんに、最後の晩餐《ばんさん》を届けてきます」

「えっ。そのおばあさんは、最後になにを？」

「ホタルイカの活漬《いきづ》けと、いぶりがっこを食べたいといったそうです」

いぶりがっこは、秋田県名物の漬け物ではないか。

寅松には、全国の名産品がすぐに手に入るルートがあり、富山県内の人に「最後の晩餐」を届ける仕事もしているのだという。

「車に乗っちゃ、ダメだよ」

椅子を立った寅松の背中に亜季がいった。

「タクシーだ、タクシー」

彼はフロントに向かって走った。

茶屋はふと、七十三歳の父と、七十の母の顔を思い浮かべた。二人とも東京でつつがなく暮らしている。年に二、三度しか会わないが、父と母は最後になにを食べたいというだろうか。

昨年の真夏のことだが、知人の妻の訃報《ふほう》を聞いて、治療を受けていた病院へ駆けつけた。

知人は青森県の生まれで、中学を卒《お》え、集団就職で上京した一人だった。勤め先の倒産や、自分ではじめた商売の失敗で、ご飯に塩だけをかけて食べる暮らしを何年も強《し》いられていた。その間に結婚し、子供も生まれた。

六畳一間に台所のアパートの生活から抜け出すことができたのは、四十代も半ばだった。

町工場に勤めているうち、ある精密機械の部品を改良し、それを特許出願した。大手機械メーカーが彼の改良部品に注目したのがきっかけで、独立でき、年商数億円を売り上げる企業に育て上げた。自宅を建て、壁に絵を飾り、過去のアパート暮らしが嘘のような生活に変わっていた。年に二度は、妻と旅行をし、海外にもいっていた。

が、六十三歳で、同い歳の妻をがんで亡くすことになった。入院中の三か月間、食べ物を口にできないでいた妻だったが、息を引き取る前の日、手を握った彼に、「蕗《ふき》の薹《とう》を食べたい」と、はっきりといった。

真夏に蕗の薹があるわけがなかった。混濁した意識の中で彼女は、貧しくて食べ物を買えず、雪を掘って草の芽を摘んだ昔の日を思い出したにちがいなかった。

多くの人が最後の晩餐に欲しがるものは、世界の珍味などでなく、案外平凡なものなのではないだろうか。

ゆうべ、八十歳を目前にして亡くなったというサヨコの隣家の老爺《ろうや》が、最後に食べた物はなんだったろうか。

百貫谷の岩壁に吊り下がっていた貫井雅英の最後の食事は、美池須笑子がこしらえた朝食か弁当だったような気がする。

「茶屋さんは、須笑子さんに会いにきたんだよね？」

もの思いにふけっていた茶屋に亜季がいった。

「そう」

「じゃあ、お夕飯にここへ呼んであげたら、どうかしら。須笑子さん、独りになって泣いてるような気がするんだけど」

「そうか」

亜季は電話を掛けた。須笑子のケータイの番号を教えられていたのだ。

亜季は茶屋に背を向けて、小さな声で話していた。

「須笑子さん、よろこんでた」

「じゃ、ここへこられるんだね？」

「いまね、おばさんのとこへいってるんだって。で、七時ごろになるって」

老人ホームの母親を見舞っているのだという。

恋人が死んだというのに、母親のことを忘れていないとは心のやさしい女性だ。

それに比べて亜季はどうだろう。

「飲む前に、お風呂に入ってくる。茶屋さんもやることないでしょ。一緒に入ったら。きのうと同じで、いまなら誰もいないと思うの」

亜季はそういって茶屋を促《うなが》した。彼女の目に茶屋は、暇《ひま》をもてあましている人間に映っているらしい。

亜季が露天風呂に浸かっているあいだ、茶屋は黒部川を眼下に見る窓ぎわで原稿を書くことにした。書きたい衝動に突き上げられたからではない。彼が亜季と、湯浴みの顔で須笑子を迎えるわけにはいかないからだった。

「じゃあね」

亜季は、きのうと同じように、浴衣を抱えて部屋を出ていった。恋人の亡骸《なきがら》に出合った人の気持ちを酌《く》むほど、歳を重ねていないということではないか。

寅松が息を切らしてもどってきた。

彼は、「いつ死んでも、思い残すことがないように」といって、三人の息子に「最後の晩餐」をリクエストした老婆に、ホタルイカの活漬けと、いぶりがっこを届けることができたといった。

「最後に食べておきたい物は、と訊かれて、フルコースのフランス料理や、キャビアや、フォアグラや、トリュフをといった人に、まだお目にかかったことはありません。歯がすっかりなくなっても、食べたい物を訊くと、昔食べた漬け物か、固焼きせんべいっていう人が多いです」

「食べたいといわれて、困った物はありませんか?」

「あります。昔、自分がつくったものです。名はないし、売ってないし、どんなものかよく分からない」

彼は部屋を見まわし、「亜季は？」と訊いた。

露天風呂へいったというと、

「先生、すみませんね。私の躾《しつけ》がなっていないもので」

といって、歯に痛みを覚えたような顔をした。


七時少し前、須笑子が着き、フロントから電話をよこした。

二階には四人前の食事が用意されている。

茶屋は、寅松と一緒に二階へ降りた。

須笑子は、客室係に案内されて食事の部屋へやってきた。髪をととのえ、こざっぱりとした服装だった。茶屋に向かって両手を突き、招待を受けた礼をいった。額に垂れた前髪を直す手つきが、どこかはかなげである。

そこへ亜季が入ってきた。浴衣姿でなくて、茶屋はほっとした。寅松は、湯上がりの娘の顔をにらみつけた。

四人はビールで乾杯した。

須笑子はほんの一口飲んだだけで、グラスを置いた。重くて濃い感情があふれてきそうなのを、必死にこらえているようである。

寅松と亜季は、一気に飲み干した。

「さち江さんのとこへいってたんだってな？」

寅松が須笑子に訊いた。

「不安で、じっとしていられなかったもので、母に会いに」

「お母さん、どんなようすなんですか？」

茶屋は、かたちのよい須笑子の口元を見つめた。

「きょうは、入れ歯が虫歯になったので、痛いといっていました」

「おばさん、面白い」

亜季は大口を開いて刺身を食べたが、須笑子は中指を目尻に当てた。

「父が早く亡くなったので、母には長生きして欲しいのですが、見にいくたびに、ヘンなことばかりいうようになりました」

「初めは、どんな兆候が？」

茶屋は須笑子に、料理をすすめた。彼女は貫井が行方不明になってから、落ち着いて食事のできる日がなかったと思われる。

「水を入れていないヤカンを火にかけて、いつまで経っても沸《わ》かないという日もありましたし、お豆腐のお味噌汁をつくったのに、『きょうはお豆腐を買うの忘れたので、じゃが薯《いも》の味噌汁にしたの』なんていいました。そういうことがたびたびあるものですから、お医者さんや市役所の方に相談したんです」

「そうよね、おばさん、わたしの家へ上がってきて、座敷にすわっていたこともあったもんね」

「そんなことがつづいていたので、独りにしておくと、取り返しのつかないことが起きそうな気がしました」

老人ホームに入所して半年ほど経ったころから、タオルをたたんで、テーブルや床をさかんに拭《ふ》くようになった。きょうも須笑子の姿を見ると、入れ歯が痛むと訴えていたが、三十分もするとタオルを持って、共同の食卓を拭きはじめたという。

「この前、わたしが会いにいったときは、布団を敷いてくれて、『どうぞお寝《やす》みなさい』といっていたんですよ」

亜季だ。

「お母さんは、醸造所に勤めていたそうですが、その前はべつの仕事をなさっていたのでは？」

茶屋が訊いた。

「兄が生まれるまでは、このホテルに勤めていたということです。そのころは旅館だったそうです」

テーブルや床を拭いたり、寝床を延べるのは、旅館で働いていたときの名残《なご》りなのではないか。

須笑子は酒で、目の縁をほんのり紅く染めた。

寅松はもともとわざと汚したような顔色らしいから、酔いの程度は顔にあらわれなかった。

3

亜季は今夜も日本酒を、なんの遠慮もせずに飲んでいたが、顔色は少しも変わらない。

「須笑子さんは東京で、福祉関係のお仕事をなさっていたそうですね？」

「はい」

彼女は、細い声で返事をした。

「老人ホームのようなところで？」

「いいえ。べつの福祉施設です」

なぜか彼女は戦《おのの》くような、答えづらそうないいかたをした。東京での職業に触れられたくないのだろうか、目を伏せた。

「茶屋先生は、福祉関係に関心がおありなのですか？」

「あなたのお母さんの話を聞いて、私の両親もいずれ、夫婦だか子供だか分からなくなる日がくるのではと思ったものですから」

「母が入っているホームには、夫や娘が面会にいくと、『どなた』と訊く方がいるそうです」

「見舞っても、張り合いがないな」

寅松がいった。

「お父さんも、そうならないで」

「おれは、いろいろ忙しいんで、ボケてる暇はない」

「いまはそんなこといってるけど、わたしが四十ぐらいになったころは、なにをいったり、やったりするか……」

「もしそうなったら、船で沖へ運んで、海に放り込んでくれりゃいい」

「そういうわけにゃいかないから、みんな苦労してるんでしょ。……お父さん、いまのうちに、ボケたら面倒見てくれる、まともな人を見つけておくのよ」

「まともとは、なんだ」

寅松は反抗したが、その声は小さかった。

須笑子が急に泣きだした。もしかしたら泣き上戸《じょうご》なのか。

茶屋がみるに、認知症のすすみはじめた母親の姿を思い浮かべて寂しくなったのではなく、相談や、いい争いをする相手を失って、それで泣けてきたようである。

寅松のケータイがチリチリと鳴った。

「ほら、きた」

亜季だ。

彼は背を向け、壁に額を押しつけるような恰好をして話していた。

「わたしは、そろそろ」

須笑子は席を立とうとした。九時をまわったところだ。彼女はあす、警察に呼ばれ、貫井についての事情を聴かれそうだ。

茶屋は、もっと彼女と話していたかったが、あしたのことを考えると引きとめられなかった。

寅松は女性から入ったらしい電話を切ると、まだ飲んでいたいといっているような顔の亜季を促《うなが》して、席を立った。

茶屋は、玄関で三人を見送った。

昨夜と同じで今夜も、なにもかもが中途半端な感じだ。部屋で原稿を書きたいが、それには少しばかり酒がすぎている。

酒を冷ますつもりで露天風呂へ向かいかけた。ケータイが鳴った。サヨコか牧村だろうと見当をつけた。

「茶屋さん、大変だよ」

いま少し前にここを出ていった亜季だった。

た。

「どうした？」

「新聞社の人が何人も、須笑子さんの帰りを待ってたの」

須笑子は記者に囲まれているのだという。

茶屋には、マスコミ関係者が須笑子の帰宅を待って張り込んでいた理由の見当がついた。

けさ、百貫谷で発見された貫井雅英の死因を、警察が発表したのだろう。事故死でないのは確かなのだから、自殺か、他殺という見方が採《と》られた。

だが、彼の妹も、恋人の須笑子も、自殺の動機に思い当たるふしはないと話している。

警察では、貫井の同僚からも事情を聴いたはずだ。

貫井の遺体は司法解剖されるだろうが、その前に検視官や鑑識課員が入念に検《しら》べている。ロープを携行しなかった人がロープで首を吊っていたのだから、その入手経路を調べることが考えられる。

鐘釣や欅平には、ロープを売っているところはない。だが、工事現場ではロープが使われている場合がある。あるいは、登山者が置いていったか、落とした。それを見るか手に取ったかした貫井が、首吊り自殺を思い立った。したがって彼がロープを入手するのは絶対不可能とはいいがたい。

が、頸部にロープのかかった痕《あと》、つまり索溝《さっこう》が皮膚にどう残っているかで、自他殺をある程度判別することが可能だといわれている。

茶屋が、遺体収容に当たった山岳警備隊員から聞いた話では、貫井の首を巻いていたのは、赤と緑の編みロープで、わりに新しい物だったという。彼の首に、遺体を宙吊りにしていたのとはべつの索状物の痕が認められたとしたら、それは他殺だ。べつの凶器で絞《し》め殺しておいて、ロープで遺体を吊ったことになる。

茶屋は、もうひとつ山岳警備隊員の話を思い出した。

貫井の遺体の足は、谷底を流れる沢の水面から約五メートルの高さにあり、頭から約一メートル上の岩壁に打ち込んだハーケンにロープが掛けられていたということだった。貫井が、ハーケンと、それを打ち込んだハンマーをどうやって手に入れたかというのも疑問である。

貫井は、冒険しようとして、ほとんど人の分け入ったことのないような谷筋を遡《さかのぼ》った。すると岩壁に、ちょうど頭が入るぐらいの輪になったロープが吊り下がっていた。それを見たら死にたくなり、ロープに頭を入れて首に掛け、ぶら下がったということか。そのようなことは万に一つも起こりえないとはいいきれない。が、その朝、恋人と電車に乗ってきて、夕方は勤めを終えた彼女と一緒に帰るはずの人間が、まるで、「どうぞご自由に首を吊ってください」といわんばかりのロープを見たとしても、それに首を入れたとは考えられない。

警察の定時記者会見で遺体の状況を聞いた記者の全員が、「殺人《コロシ》だ」と、胸に刻印したにちがいない。朝刊に載せる記事のタイトルを電話かメールで送った記者もいただろう。

その記者たちは、行方不明になる前夜の貫井が、美池須笑子の自宅に宿泊したことをすでに知っていた。彼の捜索に参加したことのある記者もいたのではないか。

茶屋がタオルを持ったところへ、フロントから、面会人が訪れたと電話があった。

「どなたですか？」

フロント係に聞くと、男の声に代わった。

地元の日本海新聞社の記者だった。ぜひとも茶屋に会いたいという。

茶屋はロビーへ降りた。

窓ぎわのソファから男が二人立ち上がったが、力士のような大柄なほうがカメラを向けた。

「一言断ってから、撮りなさい」

茶屋が一喝《いっかつ》した。

「失礼しました」

小柄なほうが名刺を出した。日陰《ひかげ》という姓だった。貼り付けたような太い眉毛の四十歳見当だ。

「茶屋先生のお名前は、かねがね……」

日陰は愛想笑いをした。

「私がここにいるのを、どこで？」

茶屋の質問をさえぎるように、

「先生は、どうしてこちらに？」

と、日陰はやや強引な訊きかたをした。

記者とカメラマンは、須笑子の自宅の向かいの家の娘に、茶屋がこのホテルにいて、昨夜も今夜も、一緒に食事したことを聞いてきたのだという。亜季は得意になって記者の質問に答えたようだ。

亜季は、須笑子が記者たちに囲まれているのを、珍しそうに見ていた。それで日陰記者は可愛い顔をしている彼女に会ったのだろう。

「私は、週刊誌に依頼された仕事で、黒部川の取材にきました。何日か前のおたくの新聞の記事を見て、貫井雅英さんが行方不明になっているのを知ったんです」

「その記事は、私が書きましたが、美池須笑子さんの名は載《の》せていません。先生はどこで、美池さんを知り、そして冬本亜季さんともお知り合いに……」

日陰はペンの動きをとめて、茶屋の肚《はら》の中をさぐるような目つきをした。誰に会っても、相手の話を疑ってかかる性分のようだ。

茶屋はいちいち説明しているのが面倒になったので、冬本亜季とは、この宇奈月温泉へきてから知り合ったのだと話した。

「先生はいつ、宇奈月温泉へ？」

「きのう」

「きのう着いて、冬本亜季さんとすぐに親しくなったんですか？」

「私は取材にきた。だから地元の人からいろんなことを聞くために」

「いろんなことなら、二十歳《はたち》前の女性よりも、年配者のほうが役に立つと思いますが」

「あなたはそう思うだろうけど、私には私の考えかたがある。あなたはいったい、なにしにここへ？」

「あ、そうそう」

日陰はメモを繰《く》った。取材の趣旨を忘れてしまったようだ。

「先生は今夜、美池さんと食事をされましたね？」

「ええ」

「先生は彼女に、貫井雅英さんのことをお聞きになったでしょうね？」

「いや、なにも」

「なにもって。……新聞記事を読んで、貫井さんが行方不明になったのを知った。それで貫井さんのことを聞くために、彼と親しい間柄の美池さんを食事に誘われたのでしょ？

それとも彼女にべつの興味をお持ちになったんですか?」

「ハイキングにいった貫井さんは、思いがけない場所で、妙な死にかたをして発見された。だから彼女は、ひどいショックを受けている。そういう女性に、亡くなった恋人のことなんか、訊くわけにはいかない。私は、あなたたちのように、図々《ずうずう》しくできていないもんだから」

「ほう、おっしゃいますね。で、美池さんを食事に誘われた目的は?」

「貫井さんが消息不明になって以来、美池さんは、落ち着いて食事したことがなかったと思う。だから慰めてあげたんです」

「それまで見ず知らずだった人をですか。先生は各地へ旅行するのがお仕事ですが、ゆく先々で、気の毒な目に遭った人を知ると、その人を訪ねては、慰めてあげていらっしゃるんですか?」

「事と場合による。……あなたは、美池さんと私の間柄を知りたくて、私の貴重な時間を考えずやってきたんですね?」

「貴重なお時間とおっしゃると、お部屋には、どなたかが?」

「私は、独りです。これから原稿を書くことにしていたんです」

「あ、そうでしたか。それはどうも。で、どんな内容のことを?」

「それは話せない」

茶屋は横を向いた。

「先生」

日陰の声が少し大きくなった。「私たちがお邪魔した理由を申し上げましょう」

「そうしてください」

「貫井雅英さんがどこで発見されたのかは、ご存じのようですから省《はぶ》きます。警察は、ように絶望とみていましたが、まさか岩壁に宙吊り状態で見つかるなんて、想像した人はいなかったでしょう。いや、特定のある人間には、それが分かっていた……」

「どういう意味？」

「貫井さんは、殺されたんです。あれは他殺体だったんです」

「検視の結果、そういう断定がされたんですね？」

「断定ではありませんが、十中八九、殺人《コロシ》です。警察は遺体とともに、現場を精《くわ》しく検《しら》べています」

「もう少し詳しく話してください」

「自殺だったとしたら、遺体は、舌を出し、唾液を流した跡があり、便や、精液など排泄《はいせつ》している場合が多い。……貫井さんは、発見現場以外の場所で絞殺され、いや、解剖しないと死因は特定できませんね。とにかく殺害されたあと、岩壁に吊り下げられたものとみられています。口を閉じていたのも、その証拠のひとつということです」

茶屋は日陰の顔にうなずき、顎を撫《な》でた。

美池須笑子は、殺害された被害者の恋人だった。犯人以外で最後に言葉を交わした人だったかもしれない。

そういう人と茶屋は夕食をともにした。だから席上、どんな話が出たのかを知りたくて訪ねたのだ、と日陰記者は太い眉を動かした。

「黒部署は、美池さんを呼んで、事情を聴かないのだろうか？」

「今夜は、心身ともに疲労しているはずの彼女を、気遣ったんです」

「あなたたちは、気遣いをしなかったというわけですね？」

茶屋は、記者とカメラマンをにらみつけた。

4

新聞記者たちは、人が踏み込むことのないような山中で、変死体となって発見された貫井雅英の恋人だった須笑子を自宅に訪ねたという。宇奈月温泉には貫井の妹がきているのに、なぜ彼女から話を聞こうとしないのか。

妹の映子をホテルに訪ねたが、記者を満足させるような談話が取れなかったのだろうか。

マスコミは、殺害されたと思われる男の実妹の話よりも、恋人の談話のほうが話題性があるとみたからか。

妹の映子は、兄が行方不明になったので、捜索にやってきた。だが、須笑子のほうは、行方不明になる前夜、貫井を自宅に泊めていた。そして翌日、同じトロッコ電車に乗って鐘釣までいっている。夕方、もどってくるはずの彼からはなんの連絡も入らない。

映子と須笑子を比較すると、須笑子のほうが悲劇的である。その不安と焦燥《しょうそう》の度合は、須笑子のほうが数段上のようである。

それに、須笑子は美しい。地味で控えめな服装をしているが、隠そうとしても隠しきれない女の香りが表情にも身動きにもにじんでいた。

彼女と比べると、映子は器量も平凡である。須笑子よりひとつ上だが、一目で堅実そうな主婦と分かる雰囲気《ふんいき》があった。取材しても予想以上の答えは返ってこないようなのだ。

須笑子は、貫井がもどらなくなった次の日から、彼の足跡をさがして山中を歩いていた。マスコミの目から見るとこれだけでも絵になるのだった。

茶屋も彼女に惹《ひ》かれた。女性としての魅力もだが、同時に経歴に関心を持った。地元の企業に勤めていたが、福祉の仕事にかかわりたいという意志があって資格を取り、上京して福祉施設で働いていたらしい。

だが、なにか事情があってか、三年前に帰ってきた。母親が病で倒れたからではなかった。彼女が帰ってきてのちに、母親は病院へ通うようになり、その後、認知症がすすんだために、老人ホームの利用者となった。

須笑子には社会福祉士の資格があるのに、帰った後は福祉の仕事には復帰せず、黒部峡谷鉄道売店に勤めていた。

貫井とは一年ほど前に親しくなったということだが、二人は結婚を約束した仲だったかもしれない。

彼は製薬会社の社員だった。三十八歳だったから、結婚したとしてもそれは遅いほうだ。彼が殺害されたことはまちがいなさそうだ。殺される原因を彼は背負っていたのだろうか。


昨夜、茶屋は、日陰記者の訪問を受けたあと、露天風呂に浸かりながら、俯《うつむ》き加減に食事をしていた須笑子の表情を頭の中で再現していた。

貫井は、結婚こそ遅れていたが、堅実な会社員だったように思われる。

警察はきょうから、彼の背後関係を洗っていることだろう。

もしも彼の身辺から殺害される原因が出てこなかったら、その後はどのような捜査をするのか。

茶屋は散歩のふりをして、須笑子の自宅の前を通った。マスコミ関係者らしい人影はない。ということは彼女は不在なのではないか。黒部署が彼女を呼んでいるのではないか。

道路をへだてた冬本家も押し黙っているように、ドアも窓も閉じられている。亜季が彼を見つければ、声を掛けるか飛び出してくるだろう。家の横に車がないところをみると、寅松は仕事に出掛けたようだ。

貫井の妹の映子は、端渓苑に泊まっているということだったので、茶屋はフロントに彼女を呼んでもらいたいといった。

「お出掛けでございます」

女性のフロント係は硬い表情をして、答えた。

映子も黒部署へ呼ばれているのだろう。警察は、貫井雅英の遺体と現場をみて、他殺と判断したようだ。だから被害者の妹から事情を聴くのは当然である。

けさの新聞には、ハイキングにいったまま二週間あまり行方不明になっていた貫井雅英が、鐘釣駅の東に当たる百貫谷で遺体で発見され、収容されたと載っていた。だが死因については触れていなかった。

彼の遺体は解剖され、死因が解明される。いまごろ、その結果がマスコミに伝えられているかもしれない。あすの新聞各紙は、「他殺」と太字のタイトルをつけた記事を載せるにちがいない。

茶屋は亜季に電話した。

「ああ、茶屋さん」

眠そうな声だ。

「家にいるんだね？」

「さっきから、起きなきゃ、起きなきゃって思ってるんだけど、眠たくて」

午前十時をすぎている。まともに働いている人はそろそろ休憩を取るころだ。

茶屋が端渓苑にいるというと、

「そこにいて。わたし起きて、すぐいくから。お腹すいてるの。お願いですから、トースト二枚と、ハムエッグと、それから……それでいい。注文しといてください」

図太いというか、厚《あつ》かましいというか、恥じらいを知らない、自然のままの女性である。

茶屋はコーヒーラウンジにすわった。くねって流れる黒部川が真下にあった。曇った空を映した谷は暗く、不安げである。

亜季は、きのうと同じ服装で、駆け込むようにあらわれた。後ろの髪がはね上がっている。

「風邪でもひいたの？」

茶屋は、まだ完全に目覚めていないような彼女の顔に訊いた。

「ちがうの。ゆうべね、お父さんとケンカしたの」

「どんな？」

「わたしが、新聞社の人に茶屋さんのこと話したのが、悪いってお父さんいい出してね。ゆうべ、須笑子さんがくる前に、お風呂に入ったこともね、ぐずぐずいったの。……お父さんたら、自分のやってきたこと忘れて、よくいうよって思った」

彼女は腹が立って眠れそうもないので、酒を飲み直したという。

「お父さんと、いい争いをよくするの？」

「うん、たまにね」

「お父さん、きょうは？」

「わたしが寝ているうちに出掛けたみたい。結構、仕事は忙しいのよ」

亜季がリクエストした朝食が運ばれてきた。彼女は、サラダとヨーグルトを追加した。

「貫井さんは、殺されたらしい」

「お父さんも、そういっていました。……これからは、刑事や新聞記者が、なにか訊きにくるかもしれないけど、よけいなこと喋《しゃべ》るんじゃないって」

彼女は、トーストにバターを厚く塗った。

「あなたは、貫井さんを見たことがあるっていったね？」

「二回か三回」

「どんな感じの人だった？」

「おとなしくて、真面目そうだった。茶屋さんみたいに、ハンサムじゃなかったけど」

彼女は胸に、パンの粉を散らした。

「あなたは、貫井さんが勤めていた出水製薬の社員に会ったことがあるでしょ？」

「欅平で一緒に貫井さんをさがして歩いたし、猿飛山荘に泊まったとき、一緒にご飯も食べました」

「同僚は、貫井さんのことを、なんていっていた？」

「仕事のできる男だって、ほめていました。貫井さんが須笑子さんと親しくしていたのを、会社の人たちは知らなかったらしいの。貫井さんが話していなかったのね。彼がハイキングにいく前の晩、須笑子さんの家に泊まったことも知らなかったんだって」

「妹の映子さんは、須笑子さんを知っていたんだろうか？」

「貫井さんに親しい女性がいるのは知ってたけど、会ったことはなかったっていってました」

刑事はきょう、富山市の出水製薬を訪ね、貫井の日常生活や交友を聞き込みしていることだろう。

亜季は、パンも、ハムエッグも、サラダも、ヨーグルトも、器を舐《な》めたようにきれいに食べた。

茶屋の頭に、昨夜の須笑子の姿が浮かんだ。最も印象に残っているのは、東京では福祉施設に勤めていたといったときの表情である。

一口に福祉施設といってもさまざまなので、どんな施設なのかを訊こうとしたところ彼女は、一瞬だが戦《おのの》くような目をした。その顔は、詳しく訊かないでもらいたいといっているようだった。

もしかしたら、彼女の責任にかかわる事故でもあったのか。それで、当時のことを思い出したくないし、人に触れられたくないのではないか。

「亜季さんは、須笑子さんが東京にいたときの住所か、勤め先を知っている?」

亜季は水を一口飲むと、茶屋の目を見て首を横に振った。

「お父さんは、東京にいる須笑子さんから年賀状をもらっていたといっていた。その年賀状、いまもとってあるかな?」

「あると思うけど。……茶屋さん、須笑子さんに興味あるの?」

茶屋は、ゆうべの須笑子の印象を話し、なにかを隠しているような表情が気になったのだといった。

「わたしも同じ。前からへんだって思ってました。うちのお父さんは、黒部でも魚津でも、福祉施設の職員を欲しがっているのに、なぜそういうところへ勤めないんだっていってるの。お父さんは須笑子さんに、福祉の仕事をすすめたことがあったのよ」

「須笑子さんは、断ったんだね？」

「そう。売店の仕事のほうがいいんだって。売店はアルバイトだし、時給はすごく低いのに」

フロント係が茶屋の席へやってきて、映子がもどってきたと告げた。

彼は亜季を帰して、映子に会った。

彼女はやはり黒部署へ呼ばれ、貫井についての事情を聴かれたのだった。

「兄は……」

蒼白い顔をした彼女は、いいかけて胸に手をやり、貫井は殺されたことが分かったといわれたと、声を震《ふる》わせた。

茶屋はあらためて悔《くや》みを述べた。

「刑事さんから、心当たりはと訊かれました。兄は製薬会社の普通の社員でした。殺される心当たりなどあるわけありません」

映子は、胸で両手を組み合わせた。いかにも堅実な家庭で育った女性といった感じである。

「両親が間もなくここへ着くことになっています。兄が殺されたと知ったら、気の弱い母は倒れるかもしれません」

「お気の毒です。お兄さんは、どうしてあんな目に遭ったのでしょうね」

茶屋は彼女に同情しながら、暗い谷の岩壁に宙吊りになっている男の姿を想像した。

「貫井さんは独身でしたが、いままで結婚なさらなかったのには、なにか?」

彼は控えめな訊きかたをした。

「二十代のとき、お付合いしていたかたがいました。そのかたと兄は結婚するものとわたしは思っていましたけど、お別れしました」

「長くお付合いしていたんですか?」

「二年間ぐらいだったと思います。そのかたも会社員でしたけど、お給料以上の物を買っているのを兄は知ったんです。兄は結婚するつもりでしたので、彼女にそのことを注意したんです。そうしたら彼女、『結婚したら、あなた、もっとうるさいことをいいそうね』といったそうです」

その言葉をきいた貫井は、一気に熱が冷め、二度と彼女とは会いたくなくなったのだという。

同じような女性を茶屋は知っている。月収よりも高そうな時計をはめ、バッグを持っていて、それも一点や二点ではない。ヨーロッパやアメリカから新製品が入ると、その店の前を素通りできず、何回か手に取ってみ、ついには買ってしまうらしい。

逆のタイプの女性も知っている。昼は会社勤務で、そこそこの賃金を得ているのに、夜はクラブで働いている。だが、高級ブランドと呼ばれている物は一切身に着けていない。

フロント係が映子に、小さな声で何かを告げた。

「両親が着きましたので、これで失礼します」

彼女は茶屋に頭を下げて去っていった。

5

茶屋は、薄陽の差しはじめた宇奈月温泉の街をぶらりと歩いた。

道を歩いている人は少なかったが、木立ちのある公園の中から人声が聞こえた。入ってみると、屋根つきの足湯があって、そこに観光客が何人も足を浸けていた。これなら男女混浴が可能だった。

わりに大きなホテルの前を通って五、六分歩くと「無料休憩所」の看板が目についた。屋内に円形の湯舟が三基あった。足湯である。湯舟は富山の鋳物《いもの》で造られているという。ここにも何組かのカップルが足を浸けていた。

彼は翠峡荘にもどって原稿を書いた。紅葉に色どられた山や、目がくらむような深くて暗い谷や、頭におおいかぶさる黒い岩壁を見ても、それを書かないかぎり、彼は仕事をしたことにならない。

十枚書いたところで、事務所へファックスで送った。

「やっと仕事をする気が起きたみたいですね」

と、サヨコからケータイにメールが入った。

つづいてハルマキもメールをよこした。

「サヨコもわたしも、なにを食べていいのか分からなくなっています。先生、わたしたちの辛《つら》さを分かってください。そちらでおいしそうな物を見つけて、送って。お願い」

弥矢子は、弁当屋が忙しいのか、茶屋のことをすっかり忘れてしまってか、電話もメールもよこさない。彼女は、サヨコやハルマキとちがって、茶屋の取材の邪魔をしてはいけないと胆《きも》に銘《めい》じ、じっと我慢をしているのか。

午後三時をまわったところへ、亜季が電話をよこした。

「今夜も茶屋さんと一緒に、飲んで、食べたいんだけど、外のお店にしない？」

彼女も朝から晩まで、食べる物のことばかり考えているようだ。

「どんな店？」

「郷土料理のお店。うちのお父さんは、黒部じゃいちばんだっていって、よく女の人を連れてってるよ」

「そこで飲み食いしていたら、お父さんと鉢合《はちあ》わせをするんじゃないの」

「会ったっていいじゃない。へんなことしてるわけじゃないんだし」

「じゃ、そうしよう」

亜季は六時半に迎えにくることになった。

いったん電話を切った彼女なのに、すぐに掛けてよこした。

「さっきね、須笑子さん出掛けたよ」

「警察へ呼ばれていたはずだが？」

「いつの間にか帰ってきてたんだね」

「さっきって、何時？」

「二時ごろかな」

「どんな服装で？」

「白っぽいコートを着て、ちょっと大きめの鞄を持って」

「旅行みたいじゃないの」

「そんな感じ」

茶屋は舌を鳴らした。亜季はなぜ、須笑子の普段とはちがう服装の外出を見掛けたとき、知らせなかったのか。

須笑子はけさ、警察に呼ばれ、貫井は殺害されたのだったと聞かされただろう。事件に遭う心当たりについても聴かれたはずだ。

彼女がなんと答えたかは分からないが、貫井の殺害を確認したことと、外出は無関係ではないような気がする。

「須笑子さんのお母さんは、彼女の行き先を知っているだろうか?」

「訊いても分かんないと思う。茶屋さんは、須笑子さんの行き先が気になるの?」

「大いに……。もしかしたら須笑子さんは、とても危険なことをしようと思っているのかも」

「危険って、どんな?」

神経の鈍《にぶ》い娘だ。飲み食いばかり考えているからか。

須笑子は、貫井を殺した犯人をさがそうとしていることが考えられる。そうだとしたら、彼女には、貫井が事件に遭うその心当たりがあるのだろう。

須笑子は、宇奈月温泉から電車を利用したのか。もしかしたら富山市の出水製薬を訪ね、貫井の身辺をよく知る人に会っているのかもしれない。

きょうは刑事も、貫井のかつての生活状態などを同僚だった人たちから聞き込んでいるだろう。そこへ須笑子があらわれる。刑事によっては彼女の動きに不審を抱いて、目を光らせそうな気もする。

寅松が電話をよこした。亜季から須笑子の外出を聞いたのだという。

「いったいどこへいったのか。いまは動かないほうがいいのに。うちの娘はトロいもんだから……」

彼も舌打ちするようにいい、須笑子の外出姿を見掛けたとき、声を掛けるべきだったといった。

そろそろ食い意地の張った亜季が迎えにくるな、と思ったところへ、フロントから面会人がきていると知らせがあった。相手は新聞記者だと分かった。

茶屋はケータイをポケットに入れ、取材用のノートを持った。

日本海新聞の日陰記者とカメラマンが、ロビーの柱に寄りかかっていた。

「きょうは、茶屋先生にお願いがあってまいりました」

「なにか？」

「貫井雅英さんが殺害されたことについて、どんな人間が犯人かの推理の談話をいただきたいのです」

「いいでしょう」

うなずくと、カメラマンがシャッターを切った。

記者と向かい合ってソファにすわった。

「貫井さんの遺体の解剖結果は？」

茶屋がメモを構えて訊いた。

「背後から、ロープによって首を絞められたものと断定されました。死後十四、五日経過です。九月二十二日の朝、美池須笑子さんがつくった食事の内容と、腸内の残留物が一致しましたので、殺害されたのは当日の朝のうちということになります。彼が背負っていた小型リュックには、彼女がつくった昼食の弁当が入っていました」

やはり貫井は、絞殺されてから、岩壁に打ち込んだハーケンに掛けたロープをあらためて首に巻かれたのだ。そして谷底から約五メートルの高さに引き上げられ、吊り下げられたものと判断されたという。

「どうぞ、質問を」

茶屋は促した。

「犯人は、どんな人間だと思われますか?」

「貫井さんと過去に接点のある人間。入念な殺しかた、そしてその後の措置《そち》から、人ちがいで殺したのではない。犯人は彼を標的にして、殺害チャンスを狙っていた。……それから黒部峡谷、少なくとも発見現場付近を知っていて、ロッククライミングの経験者」

「私たちの推理とほぼ同じです」

日陰は不満らしい。茶屋の口からもっと突飛な推測が出るのを期待していたようだ。

「いまのところ、先生がおっしゃるような人間が、貫井さんの身辺から浮かんでこないのです。うちの社の記者は、富山でも東京でも聞き込みをしていますし、私は黒部署の刑事にも当たっていますす」

「警察の捜査も、あなたたちの取材も、きのうからきょうにかけてでしょ。犯人は、綿密な計画を練って犯行におよんだのでしょう。これからもっと、被害者の隠されている一面を洗えば、私の推測に近い人間が浮かんでくるでしょう」

「犯人は、男だと思われますか？」

「絞殺だから、男の犯行でしょう」

「単独か複数か？」

「単独でもやれたことです」

「貫井さんは、欅平までいくつもりだったようですから、いったん電車を降りて、もどってきたのでしょうか」

「犯人は貫井さんと同じ電車に乗っていたんじゃないかな。貫井さんは宇奈月から一緒に乗った美池さんと鐘釣で降りた。犯人はそれを尾《つ》けて、貫井さんに接近し、脅しながら遺体発見現場近くまでいったのだと思います」

「犯人は殺害する場所をなぜ百貫谷にしたのでしょうか？」

「登山者でもめったに入り込まない谷筋というのを、熟知していたからです。登山経験豊富な人間とみてまちがいない。ことに黒部峡谷に精通していることも考えられます。そうしたことから、地元に住んでいる人間という見方もできます」

　この程度の推測では、日陰はまだ不満のようだ。

「犯人は、貫井さんの首を絞めて殺したあと、遺体をご丁寧にも岩壁に吊り下げています。谷底へ放り込んでもよかったのに……」

「二通りの理由が考えられます。一つは、絞殺だけでは気がすまなかった。遺体を岩壁に吊り、その姿をじっと見ていたかった。貫井さんに対して深い恨《うら》みがあったか、遺体を鑑賞したいという、きわめて異常な神経。……もう一つは、百貫谷なら、捜索したところで簡単には発見されない。見つかったころには遺体は白骨化している。しかしロープに吊り下がっているのだから、首吊り自殺をしたものと判断される」

「前者のほうが茶屋先生らしくて、特異です」

「後者は、的はずれということ？」

「貫井さんには本格的な登山経験も、ロッククライミングの経験もないんです。そういう人が、岩壁にハーケンを打ち込み、それに掛けたロープで首吊り自殺するなんてことを、思いつかないでしょう。ですから、かなり月日が経っていても、刑事か鑑識が見れば、偽装を見抜いたはずです」

日陰は、貼り付けたような眉を上下させると、ノートをパチリと音をさせて閉じ、カメラマンを促して椅子を立った。

二人がホテルを出ていくと、それを待っていたらしい亜季が近寄ってきた。

四章　秋の孤情《こじょう》

1

冬本寅松は、美池須笑子が東京に住んでいるときに出した年賀状を保存していた。
彼女は、茶屋にくれた手紙と同じようにきれいな字で、
［謹賀新年
皆様お元気で、よいお年をお迎えになられたことと思います。わたしは、暮れも正月も休めない仕事ですので、帰省できません。いつも母がごやっかいになっていると思いますが、今年もどうぞよろしくお願いいたします］
とあった。
東京にいる間の須笑子は毎年、このような丁重な年賀状を送ってよこしていたという。
その住所は東京都立川《たちかわ》市で、三年前に帰ってくるまで転居しなかったようだったと、寅

松は記憶していた。

「こういうきれいな字を書ける人は、利口に見えます。亜季が書く字なんか、とても日本人とは思えません」

「お父さんに似たの」

亜季は頬をふくらませた。

茶屋と亜季は、宇奈月温泉近くの料理屋で、エビとカニの刺し身を肴《さかな》に、地酒を二本ずつ飲《や》って帰ってきたのだった。

須笑子の家を見たが、灯りは点《つ》いておらず、闇に溶けているようだった。彼女は遠方へ出掛け、今夜は帰らないのではないか。

亜季の家の窓は明るかった。彼女は、「あら、珍しい」とつぶやいた。寅松が帰宅しているのを知ったからだ。

茶屋は、須笑子の東京での暮らしぶりを知りたくなり、寅松に会ったのである。

「そういえば須笑子ちゃんから、東京にいたときのようすをほとんど聞いていなかったな。私もべつに関心がなかったんで、根掘り葉掘り訊いたことはなかった」

寅松はそういった。

彼は茶屋を座敷に上げると、亜季に酒を出すようにといいつけた。

亜季は二つ返事で、一升びんとぐい呑みを三つ持ってきた。彼女は、家事など一切しなさそうだが、家の中はわりにきれいに片づいていた。隣室にはきのう、捜索のため父娘が着用した、赤と紺のコンビのアウターウェアがハンガーに掛けられていた。亜季のジャケットの胸には、赤い口を開けた虎の絵が貼り付けてある。

「そうだ、あれがあった」

あぐらをかいていた亜季は転がるように台所へいき、小鉢に白い物を盛ってきた。

「これ、おいしいよ」

彼女は茶屋に箸《はし》を持たせた。

それはサザエの粕《かす》漬《づ》けだった。甘味と辛味が利いていた。さっき二人で食べた料理屋のつまみより味はずっと上等だ。これをサヨコとハルマキに送ってやったら、よろこびそうな気がした。黒部で売っている物なのかと亜季に訊いた。

彼女は、ぐい呑みを持ったまま動かない寅松を指差した。なんのことか意味不明だ。彼女は茶屋の耳に唇が触れるくらい近づくと、「お父さんの彼女の、キクコっていう人がつくったんだって」

キクコというのは三十歳で、目下、寅松が親しくしている三人の女性のうちでは最年長。温和で、家庭的で、料理が好きで、自分で工夫してつくった食べ物を寅松に持ち帰らせるのだという。亜季の話だと、付き合っていて最も危険性の少なそうな女性なのだが、なぜか寅松は、気が強そうで、三日も会わないと脅すようなメールを送ってよこすヨシエと、夜をすごすことが多いらしいという。

寅松はなにを思いついたのか、急に立ち上がり、窓を開けて須笑子の家をのぞいた。

「まだ帰ってきていない」

午後十時半だった。

「私は、さち江さんにあの娘のことを頼まれている人間だ。なにかあったら申し訳が立たん」

自分の娘よりも須笑子の身のほうが気にかかるらしく、ケータイのボタンを押した。

須笑子に掛けたのだ。

彼女が夜間に電源を入れていないのは珍しいという。

「電源を切っている」

「電話するようにって、メール入れといたら」

亜季がいった。

寅松はうなずいて、太い指でボタンを押した。

十一時になろうとしたのを見て、茶屋はホテルへもどることにし、膝を立てた。

と、寅松のケータイが演歌をうたいはじめた。

「なにっ、東京、なんでまた？　うん、うん、そうか。事件が起きたあとだから、気をつけてな。ちょくちょく電話なりメールなりを入れてくれ」

須笑子からだった。

彼女は、急に友だちに会いたくなって電話したところ、東京へこないかと呼ばれたので、出掛けたといったという。

須笑子は、貫井が死んだ、いや殺されたことを、友だちに話した。相手とはどういう間柄なのか分からないが、貫井が事件に遭ったことに関して、心当たりがありそうなことでもいったのではないか。それで彼女は会いにゆく気になったのでは――。

友だちは女性なのだろうか。東京に住んでいるあいだに知り合った人だろうとは思われるが、寅松は、一言も告げずに東京へいった須笑子が不服なのにちがいない。九月二十日、ハイキングにいった貫井がもどってこなくなったとき、須笑子はそのことを寅松に知らせていた。母親を老人ホームに入れて、独り暮らしになった彼女は、なにかにつけ寅松を頼りにしているようだ。

そういう彼女が、相談もなく遠方へいったのだから、彼の腹の中は煮えくり返っているのだろう。

ホテルへもどった茶屋は、露天風呂で深夜の空を仰いでいた。

須笑子は寅松への電話で、東京にいるといったが、はたして事実なのか。今夜は、どういうところに泊まるのかを想像しているうち、彼女の行動に疑いを持ちはじめた。

彼女は、貫井が殺された事件の参考人の一人であるはずだ。警察はこれからもちょくちょく彼女から話を聴くつもりだったろう。彼女はおそらく警察にも告げずに旅行に出たものと思われる。

貫井の事件と彼女の外出は無関係ではないとにらめば、黒部署の捜査本部は彼女に疑いの目を向ける。貫井が殺害されたことの心当たりはないといった彼女だが、じつは彼の秘密か、あるいは犯人に関するヒントを隠し持っているのではないか。

彼女は警察から白い目で見られることを承知で出掛けたにちがいない。友だちに、恋人を失った哀しさを訴えるのが目的ではない。警察から疑われようがどうしようが、やむにやまれぬ事情があったのだ。

茶屋は、あすの朝、東京へ帰ることにした。

東京で須笑子に会えるかもしれなかった。会うことができたら、黒部へ帰ることをすめるが、なぜ東京へこなくてはいけなかったのかの理由も聞けそうな気がした。

風呂から上がると、深夜ではあったが寅松に、あすの朝、東京へ帰ることを断った。

「そうですか、分かりました。気をつけて。それから、また黒部へおいでください」

「ひとつ伺いたいことが。……貫井さんの捜索に、須笑子さんの友だちが参加していましたか？」

茶屋は訊いた。

「そういえば、彼女の友だちはいませんでした。東京からきたのは、貫井さんのお父さんと妹さん。お父さんは四、五日で帰りましたが」

須笑子はさっきの寅松への電話で、東京で友だちに会っているといったが、それはやはり口実だったのではないか。

「ちょっと突飛《とっぴ》なことを伺いますが……」

「突飛でもはっぴでも、どうぞ」

「亜季さんには、お友だちがいますか？」

「います。何人も」

「もしも、もしもですよ。亜季さんの彼が行方不明になったとします。その場合、彼女の友だちが捜索に参加してくれるでしょうか？」

「亜季が、参加してくれっていえば、五人や六人は集まってくれるでしょうね」

「亜季さんは、お友だちに恵まれているんですね」

「恵まれてるかどうか。私の目には、どいつもこいつも、亜季と似たりよったりです」

その亜季は、隣の部屋で高いびきをかいて眠っているという。

2

茶屋は少し早起きし、富山まで電車でゆき、富山空港から羽田《はねだ》へ飛んだ。飛行機は南東目ざしてほぼ一時間、北アルプス・穂高と、八ヶ岳《やつがたけ》の真上を越えた。

渋谷の事務所のドアを開けた。

「あら」

サヨコはパソコンの前でまるい目をした。

掃除機を持ったハルマキは、中腰のまま呆気《あっけ》にとられたような顔をした。

主人が帰ってきたのだから、たいていの従業員は、「お帰りなさい」とか、「お疲れさまでした」というものなのに、二人の表情ときたら、「邪魔者がきた」といっているようである。

「急に、どうしたんですか？」

サヨコが立ち上がった。

「東京で調べたいことがある」

「いってくれれば、こっちでやったのに。……わたしたちじゃ間に合わないこと？」

「そうだ」

「黒部峡谷の、なんとかいう谷の岩壁にぶら下がっていたのは、じつは人形だった、なんていうんじゃないでしょうね？」

「本物の人間だ。しかも殺されていた」

「それはテレビニュースでもやったし、新聞にも載ってるけど。……送ってくれた原稿は中途半端だし、現地での取材を放り出して帰ってきたことが、『女性サンデー』に知れたら、牧村さんの立場、ないわね。もしかすると、ほかの部署へ飛ばされるかも」

「それはそれで、面白いじゃないか。牧村君がほかの部署へ移ると、お前、なにか困ることでもあるのか？」

「あらっ、たまに帰ってきて、喧嘩《けんか》売る気なの？」

なんだか十年以上も一緒に暮らした女が口にしそうな言い草ではないか。

こういう口を利くときのサヨコの顔色はやや蒼く、無表情である。

「折角《せっかく》、名川シリーズが好調なのに、もしも編集長が代わったら、『島シリーズ』に変更しろ、なんていうかもしれません」

「島か。……面白いな、それ。北海道は、礼文《れぶん》、利尻《りしり》、奥尻《おくしり》もよさそうだ。本州は、まず佐渡《さど》だろう。それからどんと西へ寄って、隠岐《おき》。九州では、対馬《つしま》、壱岐《いき》……」

「みんな日本海。……歯舞《はぼまい》か国後《くなしり》へって、いわれるかも」

まるで名川シリーズは終焉《しゅうえん》を告げられたようではないか。

「先生。お昼は、なににしますか？」

朝、目覚めたときから食べることしか考えていないようなハルマキだ。

茶屋は急にそばを食べたくなった。

「わたしも同じ。じゃ、おそば茹《ゆ》でます。天ぷらは、エビとイカ。『甚六《じんろく》』よりおいしくつくりますからね」

甚六というのは、ビルの一階にある老舗《しにせ》のそば店だ。ビルの持ち主でもあり、店は結構繁昌《はんじょう》しており、遠方から食べにくる常連もいる。

ハルマキがつくった天ぷらそばの味は、甚六もはだしで逃げ出す出来だった。

「人間は、なんかひとつぐらい、神さまから授《さず》かっているものなのね」

サヨコがそういってから、音をさせてそばをすすった。

ハルマキにはサヨコの言葉の意味が通じているのかいないのか、イカの天ぷらにかぶりついた。

茶屋が、エビの尻尾《しっぽ》をしゃぶったところへ、ハンガーに掛けておいたジャケットのポケットでケータイが呼んだ。

相手は亜季だった。

茶屋は、けさの目覚めから彼女の存在をすっかり忘れていた。

「茶屋さん、いまどこ？」

なぜか泣いているような声である。

「東京の事務所だよ」

「どうして、わたしに黙って、帰っちゃったの？」

「ゆうべ、お父さんに断っておいたが」

寅松は今朝も、彼女が眠っているうちに出掛けたという。

「わたし、嫌われるようなこと、なにかした？」

「そうじゃない。東京で、ちょっと調べたいことを思いついたもんだから」

「うちのお父さんは毎日、三人の彼女のうちの誰かと一緒にご飯食べられるのに、わたしは独り。まだお昼も食べていないし、今夜はなにを食べればいいのか、分かんない」

サヨコとハルマキは、丼《どんぶり》を前にし、箸を持ったまま顔を見合わせている。亜季の高い声が、とぎれとぎれに漏《も》れているにちがいない。

茶屋は立川市へ出掛けた。美池須笑子が三年前まで住んでいた場所を見るためだ。

そこは立川駅から直線にして三キロあまりで、市の北端だった。駅前から乗ったタクシーの女性運転手の住所が、たまたまその近くという幸運に恵まれ、須笑子が住んでいたというアパートをすぐ見つけることができた。近くには住宅団地があり、小、中学校があり、わりに広いテニスコートのある住宅街だった。

彼女が住んでいたというアパートは、灰色の木造二階建てで、外階段がついていた。築二十年は経っていそうで、茶色のドアが八つある。

彼はノートを開いた。須笑子が冬本寅松に送った年賀状の住所は、このアパートの二〇四号室となっている。それは二階の北の角だと分かった。一階のメールボックスの「二〇四」には、名札は入っていなかった。

彼は、足音を忍ばせるようにして二階へ昇った。二〇四号室のドアの横にも表札は出ていない。

階下へ下りた。一〇四号室のドアが開き、体重八〇キロはありそうな体格の四十歳見当の女性が出てきた。

「あのう、奥さんは、こちらに何年もお住まいですか？」

「わたし、奥さんじゃありません」

茶屋は「お嬢さん」といい直した。彼女は顔をゆがめ、十年になると答えた。

「三年ほど前まで二〇四号室に、美池須笑子さんという女性が住んでいたはずですが？」

「おたくは、どういう方？」

身長一七〇センチぐらいはありそうな彼女は、にらみつけるような目つきをした。

茶屋は名刺を出した。彼の名刺にはなんの肩書きも刷られていない。氏名と事務所の所在地のみだ。

「茶屋次郎さんて、どこかで見たか聞いたかしたような」

「はい。新聞や雑誌に、少しばかりものを書いています」

「思い出しました。『旅の空』と『週刊モモコ』に、東北の温泉の露天風呂のことが、写真つきで……」

「ええ。書いています」

「わたし、田舎が仙台なんです。秋保《あきう》温泉と作並《さくなみ》温泉の、ちょうど中間あたり」

「そうですか。それはいいところのご出身で」

「合併で仙台市になったけど、山の中です。東京の人は温泉にいくけど、わたしは一回も温泉に入ったことありません」

彼女と話していると、肝心なことを聞きそびれそうだった。

「美池さんを、覚えていらっしゃいますか？」

「ええ。わたしと同じころ、ここへ入った人でした。とてもきれいな人で、たしか田舎は富山だとか」

「そのとおりです。黒部市の宇奈月温泉の出身です」

「そんなことといっていました。なんとかいう川の近くで、温泉のあるところだって、聞いた覚えがあります。わたしの田舎にもきれいな川が流れています」

「秋保は名取《なとり》川、作並は広瀬《ひろせ》川。新川《にっかわ》というのもあって、ニッカウヰスキーの工場がありますね」

「さすが、よく知っていますね。東京へきてから、うちの田舎のことを知っている人に初めて会いました。どうしてそんなに詳しいんですか？」

「私は地方を旅して、訪ねた土地のことを書くのが商売ですから」

「そうでしたね。わたし、買い物にいかなきゃならないので。歩きながら……」

茶屋と彼女は肩を並べた。

彼は美池須笑子に話を戻した。

「美池さんは、独り暮らしでしたか？」

「そうでした。わたしも独り暮らしです」

茶屋の訊かないことを彼女はいう。

「美池さんがどこに勤めていたか、ご存じですか？」

「勤め先は知りません。毎日、自転車で通っていたのは知っています。雨の日も、カッパを着て、自転車でした。とても働き者っていう感じでした。……わたしもよく働きました。昼も夜も。いまは、夜だけですけど」

彼女はスーパーマーケットに入った。黄色の籠《かご》を持ち、リンゴを三つ、三個入りのサツマイモとタマゴのパックを籠に入れ、納豆コーナーに目を近づけた。

「美池さんは、福祉施設に勤めていたということです。それがどこなのか、なにかヒントはないでしょうか？」

「福祉施設……。そういえば、そんな感じの人でした。いつもジーパンで、黒っぽい物を着ていたという印象があります。……わたしもずっと前、福祉関係の仕事に就きたくて、資格を取るため、値の高い参考書を何冊も買って勉強しました。何回も試験に挑戦したけど受からないものだから、諦めました」

「あなたが目指したのは、どんな資格ですか？」

「社会福祉士。それが取れたら、ケアマネージャーの試験にも挑戦しようと思ったけど……」

彼女は三種類の納豆を籠に入れると、精肉コーナーへ移った。

「美池さんは社会福祉士の資格を持っていたようです」

「そうだったんですか。で、茶屋さんは、美池さんが勤めていたところを、どうしても知りたいんですね？」

「はい」

「なぜ？」

「退職理由を知りたいんです」

「辞めたくなったんで、辞めたんでしょ。……わたし、いまのお店で六軒目ですけど、どのお店も、初めはよく見えるけど、必ず嫌なことがあったり、変な人がいて、それがわたしには合わなくて、嫌になったんです。同じお店に長く勤めている人がいるけど、そういう人のことよく見てると、変な性格なんです。ほかのお店じゃ勤まらないような、変わり者」

彼女は三〇〇グラム入りパックの牛肉を籠に入れた。これが一食分なのだろうか。

「お水と、ジュース、それから焼酎《しょうちゅう》を買います。あなた、持《さ》ってください」

まるで夫婦で買い物をしているようだ。茶屋は籠を提げた。

アパートへ戻る道々、茶屋は須笑子の前勤務先に話を振った。

すると彼女は、須笑子は自転車通勤していたのだから、市内の施設に勤めていたことが考えられる。資格を持っている職員なら、福祉事務所か、市の総合福祉センターに問い合わせすれば分かるはずという。

だが、なんの目的で過去に勤めていた職員のことを知りたいのかと訊かれそうだ。勤務先を知りたいだけだといっても、教えてはもらえないだろう。

「そうね。じゃ、わたし、知り合いがいるから、訊いてあげる。どうぞ、ジュースでも飲んでてください」

巨漢の彼女は電話を掛けた。相手とは親しそうだった。

彼女はいったん電話を切った。相手から返事があるのだという。

彼女が厚い手で、ペーパーパックのジュースの空け口を裂いたところへケータイが、ラテンのリズムを鳴らした。

美池須笑子が三年前まで勤めていたところが分かった。立川市内の知的障害者支援施設だった。

3

電話は牧村から。

「あんまり薄情じゃないですか、先生」

「出し抜けに、なんだ?」

「例の、おしりのきれいな、おねえさんを……」

「誰のことを、なにをいってるんだね?」

「あっちでも、こっちでも手を出すもんだから、誰だか分かんなくなったんでしょう」

「あんたは、知性を文章にして売る仕事をしているんだ。ものごとを整理してからいいなさい」

「山形の新庄から出てきた、おしりのきれいな、いえいえ、おしりの恰好のいいおねえさんを、黒部へ連れていって、どこかに棄《す》ててきたんでしょ。可哀想に、初心《うぶ》な娘を、そうやっては、すれっからしにしてしまうんです」

「私は、黒部へは一人でいったんだよ。あんたは、思い込みが激しい質《たち》だから、なにか勘ちがいしているんだ。なにをいいたい？」

「聞きましたよ。事務所のきれいなおねえさんに」

サヨコのことだ。「どこかで棄てられたんで、泣きながら電話をよこしたそうじゃないですか。お荷物になったんですか？　理由はなんですか？」

黒部の亜季からの電話を、目黒の弁当屋で働いている弥矢子だとサヨコたちは思い込んだらしい。

「先生はまさか、彼女を黒部峡谷へ突き落としたんじゃないでしょうね？」

「想像が、飛躍しすぎだ」

「じゃ、誰なんですか、泣いて電話をよこした女性は？　もしかしたら、三泊した宇奈月温泉で……」

「あとでゆっくり話す。私はこれから、きわめて重要なことを聞き込みにいくんだ」

「若い女性を棄てて、逃げ帰ってきたんじゃないんですね？　あとで、とんでもないことがバレたりしたら、うちの週刊誌だけの問題じゃないですよ。こと女性に関しては、行動に充分に気をつけてください」

牧村とはあとで、新宿・歌舞伎《かぶき》町で会うことにした。

ほぼ三年前まで美池須笑子が勤めていた施設は、住所のアパートから西へ二キロほどだった。

そこは木造二階建ての小規模な旅館を思わせる建物である。木造の門の柱に、施設の名を彫り込んだ表札が出ていた。

茶屋が門を入ろうとしたところへ、白いワゴン車がとまり、中年女性が降りた。その車のドアには施設の名がローマ字で書いてあった。

彼は、車を降りた女性に用件を伝えた。美池須笑子の名を告げると、彼女は表情を変え、

「所長に伝えますので、そこでお待ちください」

と、キツい目をしていった。

ほどなく、トレーニングウェアの白髪を短く刈った男が出てきた。茶屋の素性を窺《うかが》うように、全身を見まわした。

茶屋は名刺を渡し、職業を話した。男は旅行作家茶屋次郎を知らなかった。

彼は「鎌倉《かまくら》です」と名乗った。声に重みがある。

「美池須笑子さんのことを、お尋ねだそうですが、茶屋さんと彼女は、どのような間柄ですか？」

鎌倉は、茶屋の目をじっと見て訊いた。

茶屋は、須笑子の現状を詳しく説明しなくてはならなかった。

その説明が長くなると見て取ったらしい鎌倉は、

「こちらへどうぞ」

門の中へ入れた。

庭には赤や黄や紫の草花がびっしりと植えられていた。白い大型犬がつながれていて、鎌倉と同じような目つきをした。吠《ほ》えもしないし、尾も振らなかった。

年代物のソファのある部屋へ通された。

廊下の奥からは、人声や物音がしている。

知的障害者の支援施設ということだが、どのような利用者がいるのか、どんな設備があるのかは分からなかった。

「ここは、土地の篤志《とくし》家が提供してくれたところです」

鎌倉はそういって、ポットの湯を急須《きゅうす》に注いだ。

茶屋は、ここを訪ねるまでを順序立てて話した。

「美池さんがお付合いしていた男性が……」

鎌倉は瞳を動かし、天井を仰いだ。「いい人なのに、不運ですね」

といって、曇った表情を見せた。

鎌倉は、三年前までの七年間の須笑子の勤務ぶりを語った。

「私は彼女とずっと一緒に勤めましたが、あんなに誠実で、骨惜しみしない女性はほかにいないと思っていました。美池さんは、自分の都合で勤めを休んだことは一日もなかったと記憶しています」

アパートの体格のすぐれた女性が話してくれたとおりで、須笑子は毎日、自転車で通勤していた。雨の日はカッパを着ていたが、ズボンはぐしょ濡れになることもあった。

「からだが丈夫というだけではありません。利用者からも職員からも、必要とされているのを自覚している人でした」

施設の利用者は、常に十二、三人で、八、九人がここに住んでおり、ほかの人は通っている。

職員は六、七人。全員が話し合いで、宿直のある勤務態勢を決めているのだという。

なんのトラブルもなく、勤勉な職員だった須笑子はなぜ退職して、郷里へ帰ったのか、茶屋が知りたいのはそれだった。

「黒部の実家では、お母さんが独り暮らしをしているということでした。いずれ帰らなくてはと考えていたようです」

「では美池さんは、そのことを鎌倉さん始め、職員のみなさんに話して、円満退職したのですね？」

「ええ、まあ、そういうことです」

鎌倉の答えは急に歯切れが悪くなった。

「黒部のお母さんは、現在は老人ホームに入っていますが、美池さんが帰ったころは、健康に問題もなかったということです。黒部へ帰った彼女は、地元の福祉施設に勤めそうなものなのに、峡谷鉄道の売店でアルバイトです。もしかしたら彼女には、福祉施設で働きたくない理由があったのでは、と私はみたのですが、考えすぎでしょうか？」

「施設の職員は、普通の会社員のように土、日や祝日が休めません。美池さんは会社員の方とお付合いしていた。ですからその方と同じように……」

「いいえ。土、日や、祝日に休める勤めではありません。観光地の売店ですので、平日より休日のほうが忙しいんです」

「そうですか」

鎌倉は茶屋の顔から視線を逃がした。

なにか答えたくないことがあるらしい。いいづらいことが、須笑子の退職理由に直結しているのではないか。

「茶屋さんは、美池さんとお付合いしていた男性が事件に遭ったことを、週刊誌にお書きになるために、彼女の過去を調べていらっしゃるんですね?」

「それもですが、美池さんは、事件に関して警察で事情を聴かれた日に、旅行に出ました。上京しているようです。友だちを訪ねているということですが、彼女は彼が殺された事件の背景に、心当たりでもあるのではないかと私は考えました。私の推測が当たっているとしたら、彼女はきわめて危険な圏内にいることになります」

「はあ」

鎌倉の眉間《みけん》には深い皺《しわ》が彫られた。彼は茶屋の顔に視線をもどさなかった。

これ以上ねばってみても、満足のいく答えは得られないものと茶屋は判断した。

鎌倉は、まちがいなく須笑子の退職理由を隠している。

それは施設の秘密に関することなのか。それとも彼女個人の秘密なのか。いずれにしろ重大なことが、彼女が勤務しているあいだに起こったのではないか。

4

茶屋は電車を新宿で降りた。

なぜこんなに大勢人がいるのかとうんざりするくらい、駅のコンコースは混雑していて、男とも女とも肩がぶつかり合った。なかには、わざとぶつかるような歩きかたをしている若い男がいる。

最近気がついたことだが、これから冬が訪れるというのに、極端に短いパンツを穿《は》く女性が目立つようになった。しかも太腿をぴちりと締めつけている。それをサヨコに話したら、

「脚を長く見せたいからだけど、似合わないヤツにかぎって、流行を追う」

と、そっけなかった。そういえばスタイル抜群のサヨコだが、流行物《はやりもの》を身に着けない。そこが彼女のおしゃれなのだろう。

茶屋は、歌舞伎町方面への階段で、真っ白いバッグの若い娘に踵《かかと》を蹴《け》られた。彼は振り向いた。爪先《つまさき》の尖《とが》った靴を履《は》いた若い娘は、素知らぬ顔をして彼を追い抜いた。

彼は、牧村が待っているはずの風林会館《ふうりんかいかん》近くのクラブ「チャーチル」へ向かったのだが、「あずま通り」の安いすし屋へ飛び込んだ。チャーチルではつまみに、ピーナッツと塩コンブぐらいしか出さないからだ。

ガラス越しに、客引きの黒人が三、四人行き来しているのが見えたが、突然、すぐ近くでパトカーのサイレンが鳴った。カウンターにとまっていたすし屋の客は、一斉に出入口を向いた。男のわめき声がし、人の走る足音がした。客は急に食欲を失ったような顔になったが、カウンターの中の店員は眉ひとつ動かさなかった。

歌舞伎町のクラブはこれからという時間だからか、チャーチルの客は牧村だけだった。

「ああ、先生、どうも。遅かったじゃないですか」

牧村はすでに何杯か飲んだようだ。

「あんたが、早かったんだ」

「そうですか。なんだか、ご機嫌斜めっていう感じですが、腹がへってるんじゃ？」

「茶屋先生。いらっしゃいませ」

おしぼりを差し出したのは、牧村が気に入って、週に二回は通っているあざみだった。

彼女は二十六、七といったところか。ウエストが締まっていて、ヒップの位置が、日本人の平均よりかなり高い。からだは細く、上背《うわぜい》がある。色も白い。顔のつくりはどう見ても和製だが、スリットを深く入れたロングドレスがよく似合っている。

牧村は何時ごろきたのか知らないが、いままであざみの手を握って、ウイスキーの水割りを飲んでいたにちがいない。

五十に手の届きそうな歳恰好の肉付きのいいママが、アヒルのような歩きかたをしてきて頭を下げた。カウンターで無聊《ぶりょう》をかこっていたホステスの一人がママに呼ばれて、茶屋の前に立った。

「新人です。きのうからなの」

ママが紹介した。白いドレスに包んだからだは、細くて、薄い。

「タンコです。よろしくお願いします」

声はハスキーだ。

近ごろは、名をいわれて、すぐに文字が浮かばない女性が多くなった。このハスキーの名はどんな字を書くのか。

「丹子《たんこ》です」

どちらかといったら珍しい部類に入る名前だろう。自分で付けたのかときくと、父親だという。本名なのだ。

牧村の横のあざみが、水のボトルとアイスボックスを丹子の前へ置いた。客の酒を早くつくりなさい、といっているのだった。

「牧村君は、ここへ何時に？」

茶屋があざみに訊いた。

「七時です」

一時間あまり飲んでいる。はたしてまともな話ができるかどうか。

「先生はきょう、黒部峡谷へ女を棄てて……」

牧村が茶屋に上体を傾けてきた。

「えっ、あのトロッコ電車の……先生は黒部峡谷へ、女性を棄てにいったんですか？　その女性は死んだでしょ？　死体は？」

あざみは独りで興奮している。彼女は、小中学生のように、事件と、死体と、刑事が大好きである。

茶屋はあざみをにらみつけた。丹子は茶屋の横顔に目を据え、凍ったように動かない。

牧村は、摘まんだピーナッツを口に入れそこねて、ぽろりと落とした。歯が一本抜け落ちたように見えた。

「先生が今日、急に東京へ帰ってきた理由を、ぼくは頭が痛くなるほどずっと考えました」

牧村は、またピーナッツを一粒摘まんだ。手と口が連動していないらしく、ピーナッツはまたも床を逃げていった。脳神経の障害でなければ、酔いがまわりはじめたのだ。

茶屋は牧村に、宇奈月温泉に住んでいた美池須笑子のこと、彼女の恋人の貫井雅英が黒部峡谷で殺されたことなどを話し、急に外出した須笑子の行方《ゆくえ》をどう考えるかを話し合うつもりでいた。だが、いっぺんに三十も歳を取ってしまったような彼を見て、相談を持ちかける意志を失った。

「先生は、黒部川の取材を放り出して、なぜ急に帰ってきたと思う?」

牧村は、あざみの手を握って訊いている。

「女性を棄てることができたから、もう用がなくなったんじゃないの」

「女を谷に放り込んだのがバレないように、アリバイ工作に帰ってきたんだよ。東京には、先生が何日の何時に、どこそこにいて、どんな恰好で、なにをしていたかを、証言してくれる女がいるんだよ」

「へえ。都合のいい人がいるのね。牧村さんも、いざというときのために、そういう人をつくっておくことね」

「おい、あざみ。おれが、そんな、軽薄な男に見えるのか。茶屋次郎と一緒にするな。……おれは、いままで何年も、あざみ以外の女は、目に入らなかった」

「ちょっと、それ、奥さんのことじゃないの。わたしと知り合ったの、半年前なんだけど」

牧村は首を折った。二、三呼吸ののち、水割りグラスに人差指を突っ込んで掻《か》きまわし、濡《ぬ》れた指をひと舐めした。もう十分もすれば、あざみの乳房めがけて倒れ、赤子のように眠りに落ちる。

「先生って、なんの先生なんですか？」

丹子が訊いた。

「あら、あなた、茶屋次郎さんの名を知らないの？」

あざみは、底意地悪そうな言い方をした。

「先生っていうと、わたし、学校の先生しか知らないです」

「この先生はね……」

あざみは、茶屋の職業を話し、いままで「女性サンデー」に連載した川の名をすべて挙げた。書いた本人の茶屋でさえ、一つ二つ落とすことがあるのに、彼女は正確に覚えている。

「わたし、週刊誌めったに読まないものだから、知りませんでした。それ、面白いですか？」

作家本人に面と向かって、面白いかと訊かれると、返答に困る。

丹子は、珍しい生き物でも見るように、横から上体を反らせて茶屋の全身を見まわした。

彼女の言葉を注意して聞くと、いくぶん訛《なまり》があった。

「丹子ちゃんは、東北生まれ？」

茶屋は訊いた。

「あ、分かります？」

「たぶん、秋田だと思うが、どう？」

「えっ、そこまで。……わたし東京にきて四年ですけど、ぴったり秋田っていわれたの、初めてです。どこで秋田って分かったんですか？」

「太平洋岸とはちがうなって思ったんだ。私は、全国、あちこちを歩いている。なかでも東北へ旅行する機会が多いもんだから」

秋田県のどこなのかを茶屋は訊いた。

「男鹿《おが》って、知ってますか？」

「日本海に角のように突き出た男鹿半島だね。中央部に寒風山《かんぷう》という見晴らしのいい場所があるし、半島の突端は入道崎《にゅうどうざき》だね」

「うわあ、よく知ってますね。わたしが生まれたところは、いまは潟上《かたがみ》市になった天王《てんのう》です。なにかあるたびに、寒風山へいきました」

「なにかっていうと？」

「嫌なこととか、哀しいこと。……夏でも冬でも、あそこで海を眺めていると、気持ちが晴れました」

なぜかきょうは、東北生まれの人に縁がある。

何年も前だが、茶屋は小雪の舞う日、男鹿線の電車に乗ったときのことを思い出した。砂丘の先に鉛色の海が広がっていた。終点の男鹿で降り、船川《ふなかわ》港が見える民宿に泊まった。次の朝も雪だった。入江の中の船がゆるやかに揺れていた。斜めに降る雪の条《すじ》を切るようにして海鳥が飛んでいた。

どんなきっかけで東京に出てきたのかを、丹子に訊いた。

「田舎では、働くところがなかったからです」

彼女は、透けるような白い顔を上に向けた。やがてくる郷里の冬の音を聞いているように思われた。

5

「ゆうべは、牧村さんと、歌舞伎町で一緒だったんでしょ？」

次の朝、事務所に出るとサヨコがいきなりいった。きょうの彼女は、黒いボタンのグレーのシャツに黒のスカートという、葬儀社の社員のような服装だ。

ハルマキは、昼の食材を買いに「東横《とうよこ》」へいったという。食材も、調理するための光熱費も事務所経費として、茶屋がサヨコにあずけている現金の中から使っている。茶屋次郎事務所は個人であるから、茶屋は彼女らのために腹を痛めているわけである。本来、勤め人は自腹で昼食を摂《と》るものではないのか。彼女らを採用するさい茶屋は、「昼食付き」といった覚えはない。

茶屋が事務所にいるかぎり、ハルマキが買ってきてつくった物を食べているから、まあ許せるのだが、彼が取材旅行で不在の日でも、二人は事務所経費の昼飯を食べているのだ。

「納得できない」

彼は椅子に腰掛けるなりつぶやいた。

「どうしたの？」

サヨコはパソコンの画面をにらんだままだ。

「お前たちは……」

いいかけたところへ、黒部の冬本寅松が電話をよこした。

須笑子は昨夜も帰宅しなかったが、茶屋には連絡があったかと訊かれた。

なにがあっても、親代わりのような寅松には電話をしていそうな須笑子なのに、いったいどこでなにをしているのか。

茶屋は、きのう須笑子が勤めていた立川市の福祉施設をさがし当てたことを話した。

彼が知りたかったのは、彼女の退職理由だったのだが、所長は話してくれなかったといった。

「いいにくいことがあったようですか?」

寅松は低い声で訊いた。

「所長は、円満退職といっていますが、なにかの出来事がきっかけで、辞めたものと私はみました。須笑子さんは、貫井さんが殺されたことを知ると上京した。もしかしたら貫井さんの事件と、施設での出来事とは関連があるんじゃないでしょうか?」

「茶屋先生が、そう感じたんなら、須笑子ちゃんには、人には知られたくない隠しごとがあったんでしょう。東京へいったというけど、妙なことになっていなけりゃいいが」

茶屋はきょうも、立川の施設へゆくつもりだ。須笑子が胸にしまい込んでいるらしい秘密を知りたい。それが分かれば、彼女の行方も知れそうな気がする。

茶屋は寅松との電話を切ると、須笑子のケータイの番号を押した。電源が入っていなかった。茶屋は不吉な予感を抱いた。

「美池須笑子さんの行方について、牧村さんはゆうべ、どういっていました？」

サヨコがパソコンから目をはなした。

「彼は、話にならない」

「どうしてですか。夕方、わたしに掛かってきた電話では、『今夜は久しぶりに先生と、謎を呑み込んでいそうな宇奈月温泉の女性の件を話し合う』っていってましたけど」

「彼は、自分の指をくわえて、眠っていた」

「赤ちゃんみたい」

「そう。彼は赤ん坊だ。もしも彼に惚れている女性がいて、あの姿を見たら、『もう、おしまい』と書いた札を額に貼って立ち去り、転居を考えるだろう。彼には、悩みというものがないんじゃないかな」

「そうでもないみたいですよ。先生が取材に出ているあいだ、どこをどんなふうに書いてくれるかを考えると、食欲は失《う》せるし、夜は何回も目が覚めるっていってました」

「彼は、私が取材先で災難に遭うように、神に向かって祈っているんだ。今回の黒部峡谷の事件も、ほんとうは、見ず知らずの男が岩壁で宙吊りになっていたんじゃなく、私が何者かにしばられ、逆さ吊りになっていなかったのを、地団駄《じだんだ》踏んで悔しがったんだ。それは悩みじゃない。神経のゆがみだ」

「わたしには、そんなことといわなかったけど」

「私には、分かる」

ハルマキがもどってきた。

「デパ地下って、どうして昼間も混んでるのかしら。きょうのお昼は、ジャコ入りスパゲティよ」

まるで主婦である。

「ハルマキよ。お前も悩みというものを抱えたことが、一度としてないだろ？」

「なんだかわたし、普通の人より細胞が欠けてるみたいですね」

「たぶん、そうだ」

「先生こそ、悩みなんて、毛の先ほどもないと思います」

珍しく逆襲してきた。

「そんなふうに見えるか？」

「だってそうでしょ。……好きな仕事をしている。少しばかり的はずれのことを書いても、批判されない。営業に奔《はし》らなくていい。そこそこの収入があって、経済的苦労がない。妻子がいない。時間にしばられない。適当に旅行ができる。健康状態は良好というわけで、ストレスを感じたことがないと思います」

ハルマキの顔にサヨコがうなずいた。

きのう訪ねた立川市の施設の近くへ、午後五時に着いた。門が開いて庭が見えた。色とりどりの花が咲いている庭で、十四、五人の男女が柔軟体操をしていた。十代から五十代と思われる人たちだ。そのうちの三人の女性は職員だと分かった。職員は同じ動きをしているのだが、向かい合っていながら、利用者の運動は気ままに見えた。

茶屋は物陰に隠れてそれを見ていた。かつて美池須笑子も、利用者と一緒に定時の運動をしていたのではなかろうか。

日が暮れた。施設の窓に灯りが点いた。近くの民家の窓も一つ二つと灯りが増えていった。

仕事を終えたのか、これから外出するのか、灯りが消える窓もあった。

新聞配達の青年が自転車をとめ、新聞の束《たば》を抱えて走った。

通行人の数が増えた。白い袋を提げた人が小走りに去っていく。

施設の利用者を車が迎えにきた。その車を、女性職員二人が見送った。

風が出てきた。人びとの動きが気ぜわしげに見えた。

猫が一匹、片方の前足を浮かせ、道を渡ろうか迷っていた。

施設から一人の女性が自転車を押して出てきた。その人が自転車にまたがったところを、茶屋は声を掛けた。

女性は一瞬驚いたようだったが、自転車を降りた。

茶屋は名刺を渡し、訊きたいことがあるのだといった。

「わたしの帰りを、待っていたんですか?」

暗がりなので顔立ちはよく分からないが、若そうだった。

じつはきのう、所長に会ったのだが、あらためて訊きたいことを思いついたので、再度訪ねたのだといった。

「どんなことをですか?」

彼女は警戒していた。

彼は、美池須笑子を知っているかと訊いた。

「三年ぐらい前まで、一緒に働いていました」

彼女の声はいくぶん柔らかくなった。

「美池さんは、行方不明になっていますし、危険な状態が予想されるんです」

このぐらいのことをいわないと、彼女は茶屋の質問に答えないだろうと思った。

彼女が帰る道筋に話し合える店があるかというと、四、五分のところにファミリーレストランがあるといった。彼女は茶屋に気を許したようだった。

茶屋は歩きながら、黒部市で須笑子に会ったことと、彼女と親しくしていた男性が殺されたことを話した。

「その事件でしたら、新聞で読みました。黒部って出ていたので、美池さんを思い出しました」

当然だが、被害者が須笑子の恋人だったとは、想像もしなかったといった。

レストランは明るかった。二人は壁ぎわの席を選んだ。

彼女は、鳥越今日子《とりごえきょうこ》と名乗った。施設の前で会ったときの印象よりも若く、二十六、七といった見当だ。施設の職員だが、社会福祉士の資格を得るために勉強しているといった。ジャケットもシャツも薄くて、寒そうに見えた。額に小さな吹き出物が二つある。

食事をどうぞ、といって茶屋は彼女にメニューを向けた。

「ありがとうございます」

彼女はにこりとして、メニューを開いた。レストランに入ることなどめったにないといっているようだ。

彼女がなにを選ぶかに茶屋は興味が湧いた。

「これ、いただいて、よろしいですか?」

彼女が指差したのは、カツ重と味噌汁のセットだった。茶屋は、ハンバーグステーキなどを予想していたので、意外な気がした。

彼も同じ物にした。

「美池さんの身に大変なことが降りかかって、それがきっかけで退職したそうですが?」

彼はヤマを張った。そうしないと彼女からは真相を聞けないと思った。

「所長からお聞きになったんですか?」

「いえ、他所《よそ》からです。それを詳しく知りたいので……」

鳥越今日子はわずかに顎を動かしたが、話してよいものかどうかを迷っているように、しばらく黙っていた。だが、須笑子の身に重大な出来事が降りかかったのは事実のようだ。

彼女は水を飲み、片手を胸に当ててから茶屋の目の奥をさぐる表情をした。彼の正体を確かめているようだったが、やや声を落として話しはじめた。

その話の内容は、茶屋の予想をはるかに超えていて、彼は身震いを覚えた。

五章　地獄絵

1

——三年前の十月。東京・奥多摩《おくたま》町の鳩ノ巣《はとのす》駅近くの多摩川で、男性の遺体が発見された。発見時は身元不明だったが、何日か前に捜索願を出していた家族が確認して、遺体は発見現場近くに住む男性（30）と判明した。

だが、遺体に不審な点があったことから、死因特定のため司法解剖した。その結果、男性は絞殺《こうさつ》されたものと断定し、警視庁青梅《おうめ》署に捜査本部が設けられた。

新聞にこの事件の記事が載った翌々日、青梅署から刑事が二人、立川市の障害者支援施設を訪れ、応対に出た鳥越今日子に、

「こちらに、美池須笑子さんという方が勤めていますね？」

と尋ねた。

今日子は、「はい」と答えるとすぐに須笑子を呼んだ。

刑事と短い会話を交わした須笑子は、「わっ」と声を上げると、両手で顔をおおってしゃがみ込んだ。

所長が出てきた。刑事の話を聞いた所長も顔色を変えた。

須笑子は、刑事に促《うなが》されて出ていった。警察署へ同行を求められたということだった。

午前十時ごろ出ていった須笑子だったが、午後六時になっても戻ってこなかった。

が、次の日は平常どおり午前八時五十分に出勤した。

正午近くに、また刑事が彼女に会いにきて、施設の裏のほうで一時間ばかり立ち話していた。

食堂に集まった同僚職員に須笑子は、なぜ警察へいったのかと、なぜ刑事が訪ねてくるのかを話した。

職員は、彼女の話を聞いて声を失った。

須笑子は、多摩川で他殺体で発見された男性と交際していた。男性の住所は、奥多摩町で青梅市内の病院に検査技師として勤めていた。彼が絞殺されたと推定された日、彼も須笑子も休みで、午後二時ごろから八時ごろまで市内で会っていた。二人で夕食を摂《と》ったあと、レストランの前で別れ、たがいに帰途についたのだった。

その後、男性は、自宅アパートに帰らず、行方不明になったようで、三日間、消息不明。彼の両親と弟は都内墨田区《すみだ》に住んでいる。

彼は休みの次の日、出勤しなかった。勤務先の病院の同僚がアパートへ様子を見にいったが、不在らしいといって戻ってきた。実家に連絡したところ、行方についての心当たりはないということで、病院職員と両親がアパートへ入ってみた。が、なんら異状は認められなかった。そこで青梅署に捜索願を提出した。

捜査本部が須笑子を割り出したのは、彼が所持していた携帯電話の交信記録からだった。

彼女は刑事の質問に、彼と会い、どこでどうしたのかを詳細に答えた。

警察は彼女のアリバイを確かめただろうし、事件とは無関係とみたようだった――。

須笑子が、立川市の施設を辞め、郷里の黒部市へ帰るきっかけとなった事件を聞いた茶屋は、しばらくものがいえなかった。貫井雅英の事件が頭に浮かんだからである。

貫井も絞殺されてなお、岩壁へ宙吊りにされた。そして須笑子とは恋人同士だった。

彼女と交際していた男性が二人、類似した手口で殺害された。

「なぜでしょう?」

茶屋が首を傾げると鳥越今日子は胸に手を当て、はじけるような目をした。

食事中は血色のよい顔だったのに、怯《おび》えているような表情に変わり、顔面は蒼白くなった。彼女にはなにか思い当たるふしがあるようだ。

茶屋はテーブルに肘《ひじ》を突き、彼女が口を開くのを待った。

彼女は、どう話したらよいものかを迷っているようだったが、「じつは」といって、またも重大事件を語った。それを聞いた彼は、顎がはずれるほど驚き、胸に痛みさえ覚えた。


東京在住中の美池須笑子と交際していた男性が殺され、多摩川で発見された日から半年さかのぼる四月初め——立川市内の公園ではサクラが散りはじめていた。

須笑子は四人の職員とともに、十二人の利用者を公園へ引率した。

バスを運転する男性職員を車内に残し、女性職員はバスを降り、五台の車椅子を乗降口前へ並べた。午前十時十分だった。いつもの手順で利用者全員を降ろした。

公園の芝生は春の陽を燦々《さんさん》と浴びてまぶしかった。利用者の何人かは、空を仰いで両手を広げた。大きな声で笑う人と、芝生の上を転げる人もいた。風もなく、これ以上は望めない好天だった。職員は車椅子を押した。須笑子ともう一人は、二台を受け持った。これもいつもと同じだった。

小型犬の綱を引いた二人の女性が、緩《ゆる》やかな傾斜のある芝生の原っぱを話しながら下っていった。

その人たちとすれちがうように、若い女性が女児と手をつないで、太いケヤキの下の陽陰へやってきた。のちに分かったことだが、母娘《おやこ》だった。母親と須笑子は目が合って、挨《あい》拶《さつ》した。

須笑子は、喉が渇いたと訴えた利用者に、持参した水を飲ませようとしていた。

そのときである。黒い服に黒い帽子をかぶった男が、芝生の広場へ躍るようにあらわれた。男は、芝生にすわっている女性利用者の頭を小突いた。瞬間的に職員たちは危険を察知して、バラバラになっていた利用者を一か所に集めようと声を掛けた。

黒い服装の男は、広場を一直線に駆けてくると、須笑子の背後にまわって抱きつこうとした。彼女は男の手を振り払い、車椅子の利用者におおいかぶさった。

そのすぐ脇のケヤキの下には母娘がいた。男は若い母親に抱きつこうとした。彼女は悲鳴を上げ転倒した。娘は火がついたように泣きだした。その声に誘発されたように、男は娘の首に両手を掛けた。母親は叫び、須笑子に助けを求め、男の腕に嚙《か》みついた。須笑子は、バスに残っているはずの男性職員の名を大声で呼んだ。

男は、娘を押し倒すと、母親に飛びかかった。彼女に嚙みつくように顔を近づけ、首に両手を掛けた。

「助けて、助けて」須笑子は絶叫しながら、車椅子の利用者を抱きかかえていた。原っぱにいる職員も、利用者も、大声を上げていた。

男性職員が駆け寄ったときには、男は原っぱを転がるように走っていた。女の子は「ママ」と張り裂けるような声で呼んだ。母親は、ケヤキの根元に仰向けに倒れていた。それは突風のような一瞬の出来事だった。職員の一一〇番通報で、パトカーが到着したのは七、八分後だった。職員は救急車も要請した。

男に襲われた母娘は、病院に運ばれた。二歳の女の子は軽傷だったが、二十六歳の母親は病院で三十分後に死亡したのを、須笑子たちは施設へ戻ってから聞いた。

その日の施設は、報道関係者に取り囲まれた。

須笑子たち職員は、次つぎに警察に呼ばれて事情を聴かれた。殺された母親の最も近くにいたのは須笑子だった。ほかの職員とは一〇〇メートル以上離れていた。したがって須笑子は、黒い服装の男が母娘を襲った瞬間から、転がるように走って逃げるまでの一部始終を目撃していたと警察はみたようだった――。

その事件なら、茶屋は記憶があった。白昼、人のいる公園で若い母親と幼い女の子が暴漢に襲われ、母親が死亡したのだ。テレビは連日、朝も夜もその事件を報じ、各新聞は殺人現場となった公園の写真を載せていたし、十数人の目撃者がいた位置を書いている新聞もあったのを覚えている。

「あなたも現場の公園に？」

茶屋は鳥越今日子に訊いた。

「わたしは休みの日で、家にいました。所長から『大変なことが起こった』という電話がきたので、施設へ駆けつけました」

彼女はいまも、被害者の母娘の名を覚えているといった。母親は白石花枝《しらいしはなえ》で、娘は奈緒《なお》だったという。

「加害者は、たしか捕まりましたね？」

「次の日に。……公園から一キロぐらいのところに、家族と一緒に住んでいる人でした」

その男は当時三十二歳。過去に立川駅近くの路上で、白昼、歩いている少女に抱きついたことがあった。そのときは周りにいた何人かの歩行者が、彼を取り押さえて、交番へ突き出した。被害少女に怪我はなかった。

「殺された母親も、市内の人でしたね？」

「犯人の住所とは反対方向に、二キロほど離れたところの人でした」

殺された白石花枝は結婚して三年。夫は都心部にある会社に勤めていた。夫の話によると、花枝は事件の二か月ぐらい前に殺人現場となった公園の存在を知り、奈緒と三人で満開のウメを見にきた。彼女はその公園が好きになり、天気のよい日は奈緒を連れては散歩にきていたという。

「事件現場の最も近くにいた美池さんは、母親の死亡を知って、辛《つら》い思いをしたことでしょうね？」

「そのときもたしか、何回か警察へ呼ばれていましたし、マスコミの人たちが美池さんに会いにきていました」

須笑子は警察の事情聴取には応じていたが、報道関係者の取材には応じなかった。記者が訪れると所長の鎌倉が会っていたという。

「思い出しました」

鳥越今日子はそういってから、ウェートレスが注ぎ足した水を飲んだ。「美池さんは警察で、殺された白石さんのご主人と会ったといっていました」

被害者の夫が、須笑子に会いたいと警察官に申し出たのだろうか。

「美池さんは、ご主人と会ったときのようすを、あなたに話したんですね？」

「警察からもどってきた美池さんに、わたしのほうから訊いたんです」

「どうでしたか、そのときの美池さんは？」

「白石さんは美池さんに、『妻と娘が、公園へ突然あらわれた男に、どんなふうにされたのかを、詳しく話してください』といわれたそうです」

「美池さんは、ありのままを話したんですね？」

「話せない部分があったといっていました」

「美池さんは白石さんから、なにかいわれたでしょうか？」

「『あなたはすぐ近くで、妻と娘が襲われるのを、ただ見ていただけで、男の暴行を止《や》めさせようとはしなかったんですね』と、念を押されたということでした。美池さんは、すぐ近くにいたことは認めましたけど、車椅子の利用者をかばっていたので、事件をじっと見ていたわけではないんです。一人の利用者におおいかぶさるようにして、もう一人の利用者の手を握って、バスの中にいるはずの職員を呼ぶのが、精一杯だったと思います」

茶屋は、白昼の公園の惨劇を想像した。須笑子は、もしかしたら自分も殺されるのではという恐怖で、利用者にしがみついていたのではなかろうか。

公園での事件後、十日ばかり経つと、須笑子は所長に、退職したい旨を話した。なぜ辞めたいのかを訊かれた彼女は、白石花枝を救えなかったかを考えると、自分にはまったく落度がなかったとはいえない気がし、責任感にさいなまれているのだといった。

所長は、「あなたに責任はない。ほかの誰が母娘の近くにいたとしても、救うことは不可能だっただろう」といって、慰留した——。

2

黒部市の冬本寅松は、須笑子の行方を気にかけて、今夜も電話をよこした。

茶屋は、立川市の福祉施設の鳥越今日子から訊いた、きわめてショッキングな二件の殺人事件を話した。

「知らなかった」

寅松は驚いて口を開けているようだった。

「須笑子ちゃんも隠していないで、私には話してくれりゃいいのに……。先生、須笑子ちゃんが付き合っていた男が二人とも殺された。こりゃ偶然じゃなくて、二つの事件は関連がありそうです」

「私もそうにらんでいます。あしたは、須笑子さんと付き合っていた男が勤めていた、青梅市の病院へいってきます」

「こっちでやれることがあったら、なんでもいいつけてください。亜季で間に合うことがあったら、ビシビシ使ってください」

彼は、須笑子の身が心配だと繰り返した。

茶屋は、貫井雅英の妹映子の自宅に電話した。

彼女は細い声で、黒部では世話になったといい、今日、身内だけで兄の葬儀を執《と》り行ったといった。

茶屋はあらためて悔《くや》みをいってから、美池須笑子と連絡が取れているかと訊いた。

「美池さんには、きのう電話しましたけど、通じませんでした」

須笑子は、一昨日、警察から自宅に帰ったあと、旅行鞄らしい物を持って外出したと話した。

「大事なときなのに、どこへいったんでしょう？」

その夜、冬本寅松には、東京で友だちと会っていると電話してきたが、それ以後はケータイが通じないといった。

「三年前、郷里の黒部へ帰って以来、一度も東京へはいっていないと、わたしにはいっていましたのに、急に、どうしたのでしょうか？」

映子も首を傾げているようだ。

「須笑子さんは、東京でどんな仕事をしていたのかを、あなたに話しましたか？」

「福祉施設に勤めていたと聞きましたが、そうではなかったんですか？」

「いや、そのとおりでした。そこをなぜ辞めたかを、お聞きになりましたか？」

「お母さんが病気になったので、ついていてあげるためということでした」

須笑子は、東京在住中の出来事を、黒部の人たちにも話していなかった。交際していた貫井にも、語らなかったように思われる。

「黒部署の刑事さんが東京へお見えになり、兄の身辺をお調べになっているようです。兄の事件と、須笑子さんが東京へきていることとは、なにか関係があるんでしょうか？」

「さあ。須笑子さんは、東京にいるとはかぎりません」

「そうですね」

映子は不安げで、消え入るような声になった。

彼女は、兄が行方不明になったために、父親と一緒に黒部へいった。そこで初めて須笑子に会った。兄からは、黒部市に住んでいる女性と交際しているとは聞いていたが、彼女の経歴については知らなかったという。

映子は、兄の足跡を求めて、毎日、黒部の深い谷を歩いていた須笑子のひたむきな姿に、好感を持っていたにちがいない。兄が事件に遭わなかったら、須笑子と夫婦になっていた。兄は堅実な家庭を持てたはずと悔んだのではないか。茶屋の目に映った須笑子は、そういう雰囲気の女性だった。

三年前の十月、奥多摩町の多摩川で遺体で発見された男性は会津《あいづ》貴年《たかとし》だと、資料を繰って分かった。勤務していた青梅市の病院も分かった。鳥越今日子の記憶どおり、当時三十歳で、病院の検査技師とあった。

茶屋は、資料を書き取ったノートを持って、会津貴年が勤めていたT総合病院を訪ねた。

その病院は青梅街道に面していた。街道に並行してJR青梅線が走っている。多摩川は一段下を流れていた。この川は、ひねくれ者のように蛇行《だこう》し、中洲をつくり、また合わさっている。川の対岸にも街道があり、梅の公園があり、ここが東京都かと疑いたくなるような緑の山が連なっている。御岳《みたけ》山であり大岳《おおだけ》山である。

事務局で、かつて会津と同じ部署にいた検査技師を紹介された。ひょろりとした背で、メガネを掛けた高崎《たかさき》という男だった。

高崎は茶屋を、屋上へ誘った。

「ここはいい眺めですね」

茶屋は目を見張った。

「患者さんを見舞いにこられた方は、みなここでしばらくすごされます。東京の景勝地《けいしょうち》です、ここは」

「そうでしょう。病気も早く治るでしょう」

この辺の多摩川は渓谷である。川面は陽をはね返して、ところどころで光っている。景観を楽しめるようにベンチがいくつもある。パジャマの上にガウンを着た男の人が、御岳山のほうを向いていた。髪が白い。彼の横には誰もいなかった。付添う人も、見舞いの人もいないのか、その後ろ姿は悄然《しょうぜん》として動かなかった。

高崎は、須笑子を知っていた。

「美池さんは、施設の利用者に付添ってこの病院へくるうち、会津君と親しくなったんです。そのことはぼくも知っていたし、ほかの同僚の何人もが知っていました。いい女性と出会えたといって、会津君はうらやましがられていたものです」

会津は、都内の私大卒業後、医療専門学校を出て、この病院に就職した。二年間は病院の独身寮に入っていたが、その後奥多摩町にアパートを借りていたのだという。

「会津君と美池さんは、休みが合えば会っていたようです。たぶん二人は結婚するつもりだったでしょう。とんだ事件に遭って、二人とも気の毒です」

「会津さんは、美池さんと会ったあと、帰宅途中に殺されたようですね？」

「警察はそうみているようです。彼が住んでいたのは、鳩ノ巣駅から奥多摩方面に歩いて七、八分のところでした。遺体が発見されたのは、鳩ノ巣駅の下流側です。絞《し》め殺されてから渓谷に投げ込まれ、何百メートルか流されたのだと思います」

「犯人は捕まっていませんね？」

「未解決です。病院へは刑事さんが何回となくきたし、警察署へ呼ばれた人もいました。警察は、院内の人間関係のもつれとみていたふしがあります」

「院内に、疑われそうな人がいましたか？」

「いないことはなかったです」

高崎は、急に歯切れが悪くなり茶屋の顔から視線を逸《そ》らせた。

「ご存じのことを、教えてください」

茶屋は高崎の横顔をにらんだ。

「会津君が寮を出て、病院から離れた場所に住むようにしたのには理由がありました」

会津は寮に起居しているあいだに、病棟の女性看護師と親密な関係になった。それで彼女を住まいに迎えるため、病院とは距離のはなれた場所のアパートに転居した。

ところが、二人の関係は目敏《めざと》い同僚に知られた。二人とも独身だったのだから、その間柄を隠す必要はなかったのだが、彼女にある事情があった。六十代の病院の理事の愛人だったのである。

その看護師は、ある医師と多摩川沿いの隠れ処《かくが》のような旅館を利用していた事実があった。医師と看護師との関係は理事に知られた。理事の逆鱗《げきりん》に触れ、医師と彼女は同時に病院を追われた。

T総合病院を去った二人のその後のことは知られていなかったが、二、三か月後、理事は、沖縄で客死《かくし》し、病院関係者を啞然《あぜん》とさせた。

会津が、その看護師と親密だったことは、理事の耳に入っていなかったようだという。理事が急死しなかったら、会津もこの病院には勤めていられなかっただろう。

「会津さんは、美池さんと、どのぐらいのあいだ交際していたのでしょうか？」

茶屋が訊いた。

「一年半ほどだったと思います」

高崎は、立川市内の公園で母娘が変質者の暴行に遭った現場に、須笑子が居合わせたことは知らないようだった。彼女はその事件を、会津に話していたかどうかも不明である。

青梅署には会津貴年が殺された事件の捜査本部があり、いまも捜査は続行されているはずだ。捜査本部は、会津の交友関係を調べただろうし、須笑子からも事情を聴いただろう。だが、犯人は挙がっていないのだから、捜査は難航しているようだ。

「会津君の事件のあと、美池さんはどうしたのでしょうか？」

高崎が訊いた。

「郷里の黒部市へ帰りました」

「交際していた相手が殺されたんですから、そのショックは大きかったでしょうね。……郷里では、やはり福祉関係の仕事を？」

「それが……」

茶屋は、須笑子が勤めていた先を話した。が、黒部でも恋人が殺された事件には触れないことにした。それを話すと、茶屋が彼女を、ズタズタに引き裂いているような思いに囚《とら》われるからだった。

3

三年前の四月、若い母親と二歳の娘が変質者の男に襲われた立川市内の公園へ、茶屋は立ち寄った。

ベビーカーを押す若い母親が二人いた。犬を遊ばせている人がいた。

緩《ゆる》やかな傾斜のある芝生の原っぱに、幹の太いケヤキとイチョウが枝を伸ばしていた。

立山や黒部峡谷は紅葉に彩《いろど》られていたのに、この公園の枝で揺れる葉はまだ緑である。

昨夜、鳥越今日子から聞いた、ひときわ太いケヤキの下に立ってみた。サクラが散りはじめた白昼、ここで発生した惨劇を彼は想像した。須笑子は車椅子の障害者二人を受け持っていたという。襲いかかった変質者は初め、彼女に抱きつこうとした。だが彼女はその手を振り払うことができた。暴漢のほうは襲う対象を決めていたわけではなかったようだ。近くにいる人に手当たりしだい襲いかかったのだろう。たまたまケヤキの下には幼女と若い母親がいた。変質者の犯人は、二歳の女の子の首にも手を掛けた。それで母親は大きな声で助けを求めたのだし、犯人の腕に噛みついた。犯人は母親に敵意を覚え、不意に起こった憎しみから、首を絞めたのではないか。

茶屋の耳に少女の悲鳴が聞こえ、目に白昼の地獄が再現され、胴震《どうぶる》いした。

鳥越今日子は、暴漢に襲われた母娘の名を記憶していた。殺されたのは白石花枝で、当時二歳だった娘は奈緒という名だった。

須笑子は警察署で、花枝の夫と対面したという。彼女は夫に、「あなたはすぐ近くで、妻と娘が襲われるのを、ただ見ていただけで、男の暴行を止めさせようとはしなかったんですね」となじられたという。彼は須笑子になお、「あなたは車椅子の利用者を守っていたというが、ただ震えていただけではないのか」といったかもしれない。

茶屋は昨夜、事務所で三年前の四月に発生した公園の事件を検索した。殺害された白石花枝の住所の町名だけが分かった。当時の新聞や週刊誌に載っていたのである。そこは惨劇のあった公園から南に二キロほどのところとなっていた。

公園を抜けた彼は、南へ向かって歩いた。

その道筋にある商店へ寄って、公園で殺害された母親の住所を尋ねた。「正確には知らないが、ここから四、五〇〇メートルのところらしい」と教えられた。白昼のその事件は、地域の住民の記憶に鮮明に焼きついていることを知った。事件は解決したが、その酷《むご》たらしさが、怒りのかたまりとなって人びとの心に残っているらしかった。

歩いているところへ、黒部市の寅松から電話が入った。

「たったいま、須笑子ちゃんが電話をよこしました」

彼の声は弾《はず》んでいた。娘の安否を心配していた父親の声である。

「無事だったんですね。須笑子さん本人にまちがいなかったでしょうね？」

「私はあの娘が生まれたときから知っているんです。本人か他人の声かは、聞き分けられますよ」

「で、どこで、なにしているんです、彼女は？」

「東京で、ちょいと調べたいことがあるんで、あちこち歩いているといいました」

「なにかを調べている……」

「貫井さんを殺した犯人をさがしているんじゃないのか、って訊いたら、『ちがう』っていいましたが」

「危険だから、黒部へ帰るようにって、いってやりましたか？」

「『大丈夫。また掛けるから、心配しないで』っていって、切っちゃいました。茶屋先生に連絡しろっていうつもりだったんです」

茶屋は須笑子のケータイに掛けた。が、電源は入っていなかった。彼女は寅松に掛けるとすぐに電源を切ったのか。なんだか茶屋との交信を拒《こば》んでいるようでもある。

彼女は、東京でなにかを調べているらしいという。貫井を殺した犯人に心当たりがあり、犯人の居所やアリバイをさぐっているのではないのか。

彼女は恋人を二人も殺された。そういう人はめったにいない。不運な女性だ。だがその原因に思い当たるふしがあるので、東京にいるのではなかろうか。

茶屋は十人ほどに訊いて、白石花枝が住んでいたところにたどり着いた。

そこは五十世帯が住むマンションだった。コーヒー色の壁はそう何年も経っていないように見えた。

すぐ近くに住む家主の家を訪ね、主婦に名刺を渡した。

「茶屋次郎さん。……どこかで見たか聞いたかしたようなお名前」

四十半ばの主婦は、細く長く描いた眉を動かした。顔は手入れが行き届いていて瑞々《みずみず》しい。普段着なのだろうが、セーターとスカートには光沢《こうたく》がある。

茶屋は、たいていの書店が棚に並べている代表的な自作の名を挙げた。

「思い出しました。わたしの妹が、茶屋さんの本を『クセになる』といって、夢中で読んでいました。いまは、杉並区の病院の副院長の妻ですので、折角《せっかく》の清流が、濁《にご》ってしまうような本は、読んでいないはずです。つい三日前に会いにいきましたら、フランスの王妃の華麗な生涯と悲劇の書かれた、厚くて、立派な装丁の本を読んでいました」

「私は、明けても暮れても、奥さま方のためにはならないものを書かされています」

「でも、そのほうが、お金にはなるのでしょ?」

「いいえ。奥さまからご覧になったら、私の稼ぎなど、まるで鼻……」

「そうね、不動産や病院の収入と比べるのは、失礼なことかも」

茶屋は、白石花枝と奈緒のことを訊いた。

「あの日のことは、昨日のことのように覚えています。わたしは、日本橋の三越《みつこし》で買い物をして、戻ってきたところへ、わたしどものマンションの陰になっている家の奥さんが、『大変、大変』といって、白石さんのことを知らせにきてくれました。その奥さんは、テレビで事件のニュースを観たのです。……わたしはマンションに住んでいる人とはめったに会わないのですが、花枝さんとだけは、ちょくちょく会って、立ち話したものでした。奈緒ちゃんは、ここにご夫婦が入ってから生まれたのです。奥さん似で、それは可愛いお嬢さんに育ちました。……茶屋さんには経験がおありかどうか、二歳といったら、それは可愛い盛《さか》りなのです。あとから聞いたことですけど、犯人は初め、奈緒ちゃんの首を絞めようとしたのだけれど、やめて、花枝さんの首を絞めたそうです。奈緒ちゃんの顔があまりに可愛かったので、手をはなしたのでしょうね」

主婦は、油紙に火が着いたというたとえのように、なめらかに語った。彼女は、奈緒は母親似だといったのに、花枝は美しくなかったので首を絞められたといっているようである。

妻を殺された夫の名は益男《ますお》で、事件当時三十三歳だったという。彼は、丸《まる》の内《うち》に本社のある大手商社社員。妻の花枝が殺されてから半年近く、奈緒と暮らしていたが、転居したという。

転居先を、主婦は教えられなかったといった。

「転居先が分からないと、面倒なことがあるのではありませんか?」

茶屋がいった。

「不動産管理をしている者が、そういったそうですけど、白石さんは夜間に、まるで逃げるように引っ越しされたんです。わたしはそれを知りませんでした」

「花枝さんが不幸な目に遭ったとき、奈緒さんは二歳でしたから、御主人白石さんはどなたかに頼んで、会社へいっていたんでしょうね？」

「実家が武蔵野《むさしの》市でしたので、平日はご両親にあずけていたようです。わたしと白石さんがお会いしたのは、ほんの三、四回で、どんなお人柄なのかもよく分かりませんでした。にこにこして、如才《じょさい》なくて、軽い感じの喋《しゃべ》りかたをする人でした。人当たりはいいのですけど、わたしは好きなタイプではありません。わたしはどちらかといったら、ぶっきらぼうな感じで、白い歯をめったに見せないような男性のほうが……。わたしの高校のときの同級生で、いまは弁護士の奥さんになっている人、韓国のダラン・ベロンとかいう俳優にぞっこんで、ついこないだは、わざわざソウルまで……」

この主婦の話は際限がなく、茶屋は退去の機会を窺《うかが》っていたのだが、都合のよいことに内ポケットのケータイが呼んだ。

彼は主婦に礼をいって、外へ飛び出した。

「先生、ちょいと気になることが……」

黒部の寅松だった。

「須笑子さんのことですか？」

「三時間ばかり前から、亜季の電話が通じない。いままでなかったことです」

公衆電話が目に入った。茶屋は十円硬貨を七、八枚落として亜季の番号を押した。須笑子のケータイと同じで、電源が切られているというコールが流れた。

「ひょっとすると亜季は、家出したんじゃないかっていう気がします」

珍しく寅松の声は不安げだ。

「そういう素振りでもありましたか？」

「きょう、銀行から五十万円引き出しているんです。そんなに高い物を買う娘じゃないのに」

「家の中はどうなんですか？」

「私は出先で、家の中は見ていません」

帰宅して、屋内の変化に気づいたことがあったら知らせてもらいたい、と茶屋はいった。

茶屋が見るに、亜季は野生児のような女性だ。高校中退で、そのあとはどこにも勤めず、便利屋である父親の仕事に従事している。従事といっても、決まった仕事はなさそうで、掛かってきた電話を受けているだけのようだった。

性格は明朗《めいろう》で、開けっ広げで、活発だ。胆《きも》がすわっているところは、父親譲《ゆず》りなのだろう。十九だから肌は張り切っていて、乳房など突けば、はじき返されそうである。これほど健康的だと、茶屋の理想とする女性の魅力とは、かなりの距離がある。

茶屋は、かねてからの付合いである弁護士の事務所に電話した。立川市に住んでいた白石益男の住民異動を調べてもらいたいと頼んだ。

4

茶屋が事務所へ戻ったところへ、牧村が電話をよこした。

「きょうは、なにか分かりましたか？」

牧村は、茶屋の行く先々に災難が待っているのを期待し、それを知ってはよろこんでいる。

茶屋は、かつて美池須笑子の恋人だった会津という検査技師が殺されて発見されたときの模様を話した。

「美池須笑子と交際していた男が、二人とも殺された。……男は、彼女と親しくなると殺される」

牧村はつぶやいていたが、急に声の調子を変えた。「先生、須笑子の恋人だった貫井は黒部峡谷で、会津は多摩川渓谷で……。川に縁がありますね」

「それは偶然だったと思う。二人とも、たまたま川の近くで殺された。だから会津のほうは多摩川へ突き落とされたっていうことじゃないかな」

「かつて須笑子と恋仲になった男は、二人だけじゃなかった。二人以外にも殺された男がいるんじゃないでしょうか？」

「えっ」

「彼女と恋仲になると、男は殺される」

「まさか」

「いえ、そういうことがないとはいいきれませんよ、先生」

「きょうは、頭が冴《さ》えているようだね」

「ぼくの脳は、きょうの空のようにいつも澄みきっています」

「そうか。じゃ、須笑子と親密になった男は、どうして殺される？」

「犯人は、彼女じゃないかって気がします」

「なんだって。彼女が恋人を次々殺しているっていうのか？」

「名推理だとは思いませんか？」

「思わない」

「どうして？」

「貫井の場合、彼が被害に遭った日、彼女は峡谷鉄道の売店に勤めていた。それに、ロープやハーケンを使って、岩壁に宙吊りにすることなんか、彼女にはできない」

「そうですか。彼女が犯人で、過去に恋人だった男を五人ぐらい殺していたとしたら、今回の名川探訪は、いままで以上に面白いのに」

「悪魔」

「なんとでもどうぞ。で、美池須笑子は自宅から消えて、いまはどうなっているんでしょうか？」

「東京にいて、なにかを調べているらしい」

「謎に包まれた女性ですね」

ドアに軽いノックがあって、

「ごめんください」

と、女性の低い声がした。

茶屋は牧村との電話を切った。

来訪者にハルマキが応対した。彼女は、ここの事務所の主人は、たしかに茶屋次郎だがと、相手にいっている。

来訪者の次の言葉を聞いて、茶屋は椅子の上ではね上がった。

黒部の冬本亜季だった。

「先生」

ハルマキが呼んだ。

茶屋は椅子を立った。

パソコンをにらんでいたサヨコも立ち上がった。

「茶屋さん、いたの。ああ、よかった」

亜季は、ハルマキを押しのけるようにして入ってきた。黒い布袋を提げている。

彼女は、自宅にいたときと同じジーパン姿だ。薄汚れているような白と黒のコンビのジャンパーにも見覚えがあった。

サヨコは、茶屋の顔をにらんだ。なぜなのか、右手はハサミを摑んでいる。

茶屋は、オロオロしている自分に気づき、気を取り直して胸を張った。

「どうしたんだ、亜季ちゃん、いや、亜季さん。お父さんが心配して、電話をくれた」

彼は亜季を、ソファに腰掛けさせた。

「出てきたの」

「ここにいるんだから、出てきたのは分かるけど、いったい、なんで？」

「家にいても面白くないじゃん。分かるでしょ、わたしがあの家にいたの見たんだから」

退屈だといいたいらしい。

「お父さんの仕事は毎日忙しい。あんたは、留守番だし、仕事の取り次ぎもしなくては」

「わたしね、茶屋さんみたいに、自由な男の人に初めて出会ったの。毎日が楽しくて、それが忘れられなくなっちゃった」

サヨコとハルマキは肩が触れ合うようにして立ち、茶屋と亜季の会話を聞いている。亜季は来客なのに、お茶も出さないし、動かない。

「お父さんに黙って出てくるのはよくない。あの人のほうこそ適当なんだから」

なぜこの娘は、いいの、いいの。嘘でもいいから、須笑子をさがすために出てきたのだといわないのか。まるで茶屋を困らせるためのようではないか。

彼は亜季に指一本触れた覚えはないが、毎晩でも同じ床に枕を並べられる弥矢子がいる。もしも弥矢子が亜季の出現を知ったとしたら、一途な彼女は、働いている弁当屋のすぐ近くの公園のサクラの枝に縄を掛け、首をくくりそうな気がする。

弁当屋の夫婦は、彼女と茶屋の間柄を知っている。茶屋を呼びつけ、弥矢子の首吊りの原因を追及しそうだ。

それだけではすまされまい。山形県新庄市の弥矢子の両親に、弥矢子の世間知らずをいいことに茶屋が、将来の二人にはバラ色の人生が待ってるようなことをいっていた、などと話したとしたらどうなるか。

茶屋は亜季に断らず、寅松のケータイに掛けた。なんの予告もなく亜季が訪れたと話した。

寅松は驚き、娘に電話を代わってくれというかと思っていたら、

「そうですか。亜季は先生の事務所へ。それを聞いて安心しました。亜季は先生のことが

好きになったんです。あの娘は、からだは丈夫だし、親がいうのもなんですが、器量もまあまあです。なにを食っても腹をこわさないし、贅沢《ぜいたく》な物も欲しがりません。夜は、寝る前に、ちいっとばかし酒を飲ませてやってください。先生、どうかよろしくお願いします。……これでほっとして、仕事が手につきます。……私はいま、須笑子ちゃんのお母さんが入っている老人ホームにいるんです。秋だっていうのに、ワラビとタケノコの煮付けを食べたいといった人がいたもんですから、キクコにつくらせて。……あ、先生にはまだ、キクコを紹介していませんでした」

と、茶屋の返事も聞かずに電話を切ってしまった。

「お父さんと亜季ちゃんは、似ているんだね」

「そう？ 似ていないってよくいわれるけど」

彼女には茶屋の言葉の意味が分かっていないらしい。

亜季は、すくっと椅子を立つと、サヨコとハルマキが目に入らないというふうに炊事《すいじ》場へゆき、水道の水を飲んだ。

「うっ、まずい」

彼女はしかめた顔を茶屋に向けた。

「そうだろ。黒部の水を飲んでいた人が、東京の水道水を飲んだら、まずいだけじゃない。からだの調子が狂う。……あんたは、きょうじゅうに帰ることだ。お父さんの仕事が沢山あるのは、あんたが家にいるからだよ。お父さんには、あんたが必要だし、あんたがいるから、朝から晩まで働いているんだ」

「茶屋さん、お父さんから、そういってって頼まれたの？」

「頼まれても、私は引き請《う》けなかった」

亜季はソファに戻ると、

「あ、そうそう」

といって、黒い布袋を膝にのせた。「みんなに、おみやげがあるの」

彼女が取り出したのは、富山名物の鱒《ます》ずしだった。富山空港で買ってきたのだという。

「早く食べて。わたしも食べるから」

サヨコが近づいてきて、首を伸ばした。

ハルマキは、ポットの湯を急須《きゅうす》に注いだ。

「鱒ずしはいろいろあるけど、ここのがいちばん肉が厚くておいしいの」

サヨコとハルマキはソファに腰掛けた。ちょうど二人のおやつの時間だった。

四人はしばらく無言で鱒ずしを食べ、お茶を飲んだ。

サヨコとハルマキの表情が和《なご》んできた。同じ物を食べたり飲んだりすると、親近感が湧くものなのだ。

「おいしかった」

ハルマキだ。

「ご馳走さま」

サヨコが箸《はし》を置いた。

二人は亜季の正体を知り、気を許したようである。

「あなた、東京には何回もきたことあるんですか？」

サヨコが腫《は》れ物《もの》にさわるような訊きかたをした。

「三回目。中学の修学旅行のときが最初で、その次は、高校のとき、友だちとディズニーランドへいったの。そのときは、原宿《はらじゆく》にも、渋谷にも。そのとき、ここの前を通ったかも」

「東京、面白かった？」

「ぜんぜん。どこへいっても人が多いだけ。ご飯もおいしくなかったし」

「お友だちときたとき、どこに泊まったの？」

「修学旅行のとき泊まった、東京駅のすぐ近くのホテル」

「今夜も、そこに泊まるの？」

「どこでも。渋谷にはホテルが一杯あるって聞いたことあるけど」

「そこは、独りで泊まるとこじゃないのよ」

「ふうん」

「あなた、よくここへ、真《ま》っ直《す》ぐこれたわね」

「羽田の案内所のおねえさんに訊いたの。その人、茶屋次郎さんを知ってたし、ここまでの地図を書いてくれたの」

亜季はジャケットのポケットからメモを取り出した。［品川で山手線《やまのてせん》に乗り換え、渋谷で降り、ハチ公口へ出て、右手にある交番で……］とあった。

亜季のポケットがドラムを叩くような音をさせた。いつ電源を入れたのか、電話が入ったのだ。茶屋は、須笑子からであるのを祈った。

「はい、そうです。どうも、いつもありがとうございます。はい、あ、お引っ越しの。そうですか、ありがとうございます。はい、寅松にそう伝えます。それで、どちらへ？　あ、滑川《なめりかわ》、海の近く。いいですね」

とても同一人物とは思えない応対である。彼女は頭まで下げて電話を切った。

その手ですぐに電話を掛けた。

「わたし。魚津のFさんから、妹さんが滑川へ引っ越しするんで、荷造りと、一杯ある本を処分したいんで、その手配もって。……きょうじゅうに連絡してあげるのよ」

まるで主人が従業員に指示するようないいかたをした。

相手は寅松にちがいないのだが、彼は娘がいまどこでなにをしているのかを、一言も訊かなかったようだ。亜季がはるばる東京へ茶屋を訪ねたのを忘れてしまったのではないか。

サヨコとハルマキは、ささやき合っていたが、サヨコが茶屋の耳に口を寄せ、

「今度の娘《こ》、役に立ちそう」

といった。

茶屋には、「今度の」という言い草が気にさわったが、どうやらサヨコとハルマキは、亜季を見どころのある女性と見てとったようである。

5

たびたび利用している道玄坂上の居酒屋でサヨコがまた、茶屋の耳に息のかかる近さに口を寄せた。

「わたしの見立てはまちがっていなかった」

彼女は、亜季の酒の飲みっぷりを見ていったのである。「十九でこれなら、先が楽しみ」

いつもならアワビの鉄板焼きやクルマエビの鬼殻焼きにかぶりついているハルマキだったが、今夜は、白身の刺し身を二、三切れ食べただけで、亜季の飲み食いを観察している。

亜季のつまみの注文は控えめで、鯵《あじ》の干物と沢庵《たくあん》漬け。二合徳利の日本酒を手酌でぐい

呑みに注いでは、二口ぐらいで飲み干している。彼女の舌は富山湾の魚になじんでいるので、東京のは旨《うま》くないと決めているようである。

「思い出したことがあるの」

亜季はぐい呑みを置いた。酒が入ると頭が冴えるのか、店の奥を向いて瞳を輝かせた。

「峡谷で貫井さんの行方をさがしているとき、わたしには気になる人がいたの」

「気になる？　どんなふうに？」

茶屋は彼女の横顔に注目した。

「お父さんとわたしが捜索に参加した最初の日なんだけど、警察の人でもなく、峡谷鉄道の人でもないし、出水製薬の人でもない男の人がいて、一日中、わたしたちの後ろを歩いていたの。そのとき、どこの人なのかなって思ったのを、いま思い出したの」

「いくつぐらいの男？」

「三十半ばぐらいだったような気がする」

「服装は？」

「ハイキングにきた人みたいだったと思う」

当日、貫井の行方不明を聞いて、十数人のハイカーが捜索に加わっていたのだが、その男は、終日、亜季たちのグループの後ろを尾《つ》いて歩いていた。グループの中には須笑子がいたという。

「人相や体格を覚えている？」

「わりに背の高い人で、顔は……茶屋さんに似てたような気がするんだけど」

「なにをいうんだ。そんな目で、私を見ないでくれ」

彼女は、茶屋をじっと見たり首を傾げていたが、見れば思い出すはずだといった。

彼女は当日、その男の顔を何度も見ているというのだ。

亜季は当日、出会った人の素振りをいちいち観察していたわけではないだろうが、印象に残る男が一人いた。それで彼女は、その男の様子をちょくちょく窺っていたようだ。

「警察官でも、鉄道関係者でも、出水製薬の社員でもないと、どこで分かったの？」

酒を口に運ばなくなった亜季に茶屋が訊いた。

「夕方近くになって、捜索の人たち全員が、欅平駅前に集合したんだけど、その人はそこにいなかった」

「次の日は？」

「次の日か、次の次の日だったたか、一回見掛けたような気がするの」

「どこで？」

「人食岩《ひとくいいわ》の近くだったと思う」

欅平駅から十分ほど上流だ。歩道を行き交う人を飲み込むように、岩がおおいかぶさっている場所だ。片側は目がくらむような深い谷で、黒部川は岩を動かして流れている。川をのぞき込んでいると、黒ずんだゴツゴツした巨岩に押し潰されそうな気分になる。

「それから……」

亜季は話しているうち、当時の記憶があれこれと蘇《よみがえ》ってくるらしい。

「トロッコ電車の中でも、その男の人を見たような気がする」

「どの辺で？」

「お父さんと、家に帰るとき……」

それは終点の欅平だったか鐘釣の辺りだったか思い出せないようだ。

その男は捜索に参加した人たちと一緒に行動していたのだから、何人もの目に触れているはずである。

「その男のことを、あんたは誰かに話した？」

「お父さんには話したような気がする」

「お父さんは、その男の顔をよく見ていそう？」

茶屋は訊いたが、それはどうか分からないと亜季は答えた。

彼女が気にした男は、一般のハイカーであって、行方不明になっている人のことを聞き、善意から捜索に参加していたのかもしれない。

だが、亜季の話をつなぎ合わせると、その男が捜索隊と行動をともにしたのは、一日だけではなさそうだ。一般のハイカーで、何日ものあいだ捜索に協力した人はいないような気がする。彼女の記憶に狂いがなければ、その男は単独で、須笑子と冬本父娘《おやこ》をふくむ一つの班の後ろに尾いていたようだ。

茶屋が説得したところで亜季は黒部へ帰らないだろうが、彼は彼女を無理矢理追い返すようなことをしないことにした。彼女に直《じか》に見せたい人間がいるからだ。

渋谷駅に直結したシティホテルに亜季を泊めることにした。もしも彼女に予想もしない出来事が降りかかった場合を、茶屋は考えた。ホテルの手配をしてやらないと、彼女はどんな場所に泊まるか分からない。父親の寅松は、「娘をよろしく頼む」と茶屋に勝手なことをいった。彼はそれを了解したわけではない。だからあとで誰に訊かれても申し開きできるホテルに泊めることにした。

渋谷の盛り場は二十四時間営業だ。だが、ホテルからは一歩も出るな、出たら責任は負えない、と亜季にきつくいいつけた。それから、寅松に電話で、彼女の今夜の宿を教えた。

「そうですか。先生、なにからなにまですみません。先生のおかげで、私は安心して仕事ができます。あしたはヤツを、掃除でも、洗濯でも、布団干しでも、子守りでも、甘やかさずに遠慮なく使ってください」

ホテルに泊めたというのに、寅松はなにを勘ちがいしているのか。彼の話を聞いていると、茶屋が亜季を自宅へ連れ帰ったようではないか。

寅松は、「安心して仕事が」などといったが、今夜は、付き合っている三人の女性のうちの一人を抱いて、娘のことも茶屋の存在もすっかり忘れて、泥のように眠るのではないのか。

今夜の茶屋は、弥矢子のところにも寄らず帰宅した。

六章　影法師

1

茶屋は、車の助手席に亜季を乗せ、武蔵野市の住宅街の一角にいる。白石益男と奈緒の自宅を二人でにらんでいるのだ。

白石の妻花枝は、三年前の四月、立川市の公園で、変質者に首を絞められて殺された。当時、立川市内のマンションに住んでいたが、妻の事件後、転居した。転居先を前住所の家主が知らなかったので、弁護士に公簿を調べてもらった。

白石は一流商社に勤めるサラリーマンだ。妻が奇禍《きか》に遭い、二歳の娘奈緒が遺された。それで奈緒を、彼の両親にあずけた。両親は武蔵野市内に住んでいる。その近くを住所にすればなにかと便利ということから、いまのところへ移ったようだ。

小ぢんまりした一戸建てだ。同じ造りの二階建てが六軒並んでいる。白石宅は角から二軒目。そこの玄関が見える位置に、茶屋は車をとめている。

きょうは日曜だ。白石益男が一度や二度は出入りするだろう。その姿や顔を亜季に見てもらうのだし、ズームレンズ付きカメラも用意した。

「へんな男に奥さんを殺された白石さんの顔を、どうしてわたしに見せるの？」

張り込み場所へ着くと、亜季がきいた。

「公園で奥さんが首を絞められたとき、その場に須笑子さんがいたんだよ。彼女は勤めていた施設の利用者を運動に連れていっていて、その事件に遭遇した。公園にへんな男があらわれた。須笑子さんのすぐ近くには、白石花枝さんと二歳の奈緒さんがいた。へんな男は、須笑子さんに襲いかかろうとした。それで彼女は男の手を振り払ったし、本能的に利用者をかばっていた。そのすきに変質者の男は、白石さん母娘に手を掛けたんだ」

亜季は、白石宅の玄関をにらんだままだ。

「その犯行現場に須笑子さんはいながら、犯人に首を絞められている花枝さんを、助けることができなかった」

警察署で須笑子に会った白石は、「妻と娘に手を掛けた犯人の行動を、あなたは妨害しようとしなかったのか」といい、「利用者の安全は、ほかの職員に任せられたんじゃないのか」と、機転のなさを指摘し、「あなたは、犯人のやることを、ただ震えて見ていただけじゃないのか」という意味の言葉を叩きつけたようだ。

「分かった。白石さんは、なぜ須笑子さんが奥さんを助けてくれなかったんだって、恨《うら》んでいるんじゃないかっていうんだね」

「そのとおり、呑み込みがいいな」

「それぐらいは。……もしかしたら、須笑子さんと付き合ってた貫井さんを殺した犯人は、白石さんじゃないかっていうんだね?」

「どう思う?」

「白石さんが、須笑子さんを恨むのは分かるけど、なぜ貫井さんを殺したのかが、分かんない」

「犯人は、ねじ曲がった性格の人間で、須笑子さんをうんと困らせてやろうって考えているような気がするんだ」

「貫井さんの行方《ゆくえ》をさがしているとき、わたしが見掛けた、気になる男の人、もしかしたら白石さんじゃ、っていうんだね?」

「そう。だから彼が出てきたら、顔や姿をよく見てくれ」

「あっ、女の人が……」

白石宅の玄関に女性が立った。かなり年配だ。インターホンを押した。応答がないらしい。手提《てさ》げ袋から鍵を取り出すと、玄関ドアに差し込んだ。

「鍵を持ってる……」

「白石さんのお母さんだよ、きっと」

白石父娘は外出中らしい。白石益男の母親は、玄関の鍵をあずかっていて、不在のときはそれを使って自由に出入りしているのだろう。きょうは、息子と孫の家の掃除か洗濯に訪れたのではないか。

三十分ほど経った。

白石宅の前へ三人が立った。小肥りの男と、細身の五歳ぐらいの少女と、中肉中背の三十歳見当の女性。

男は白石益男で、少女は奈緒だろう。公簿のうえでは白石は再婚していない。女性は交際中の人ではないか。白石は、母親が訪れているのを承知だろう。そこへ女性を伴ってくるということは、母親とはすでに面識のある人なのではなかろうか。

「なんとなく女の子も、あの女の人になついてるみたいだよ」

亜季の観測だ。

「そうだな。もしかしたら、あの女性とは同居しているのかな?」

「そうじゃないと思う」

「どうして?」

「あの女の人、他所《よそ》ゆきの服装じゃない。白石さんと女の子は、駅へ女の人を迎えにいって、連れてきたんだよ。途中のファミレスかなんかで、お茶してきたかも」

「なるほど。あんたの推測が当たっていそうだ」

白石と思われる男は、インターホンを押し、応答か、ドアが開くのを待っている。屋内に母親がいるのを知っているからにちがいない。

茶屋は三人の姿を撮った。男は笑顔で女性に話し掛けている。そこを何コマも撮影した。

ドアが開き、三人は玄関へ消えた。

「他所の家を見ているって、面白いものだね」

相手にとっては迷惑なことだろうが、勝手な想像が亜季には新鮮なのだろう。

「わたしね、いまの女の人を見たとき、須笑子さんじゃないかって思ったの。よく見たら、ちがう人だった」

須笑子と白石は接点がある。知り合い、親しくなったとしても不思議ではない。だが、たったいま、白石宅へ入った女性は須笑子ではなかった。

須笑子はいったい、いまどこでなにをしているのだろうか。東京にいるというが、その目的も分からないのだから、謎の女である。

白石益男を撮ることができたので、張り込みを打ち切り、車を走らせた。

「貫井さんの捜索に参加しているとき、あんたの班には誰と誰がいたの?」

「須笑子さん、うちのお父さん、わたし、それから……」

亜季は指を折った。「峡谷鉄道の男の人が二人、出水製薬の男の人が二人。……あ、新聞社の二人」

「新聞社の人は、どんな顔つきだった？」

「一人は、レスラーみたいに大きな人。もう一人は、眉が太かったよ」

日本海新聞の日陰記者とカメラマンだ。

新聞記者がその班に加わったのは、行方不明者の恋人である須笑子がいたからだろう。

茶屋は車をとめると、日陰記者に電話した。

「茶屋先生、いまはどちらに？」

彼は茶屋が東京へ帰ったことを知っている。

須笑子がいなくなっていることも知っていそうだ。だが、道路をへだてて向かい合っている家の亜季が東京へゆき、茶屋と一緒に行動中であるとは、夢にも思わないだろう。

「大事なことを知りたいんです」

茶屋はいった。

「私でお役に立つことですか？」

「あなたとカメラマンさんは、九月二十四日から二十七日までの貫井雅英さん捜索に、参加していましたね？」

「はい」

「その四日間、美池須笑子さんと一緒に行動していましたね？」

「よくご存じですね」

「カメラマンさんは、捜索に歩いている人の姿、または、その周りにいた人を撮っているでしょうか？」

「撮っています。それが彼の役目ですので」

「その写真を見ましたか？」

「紙面に使いたかったものですから、何枚かは」

「写真は保存されていますね？」

「はい、支局に置いてあるメモリーに。……なにか？」

「見たいんです」

「どうぞ。支局へおいでくだされば」

茶屋はきょうじゅうに黒部へもどりたかった。

新聞記者には、行方不明者捜索中に撮った写真を、茶屋がなぜ見たいのかは分からないだろう。

茶屋は、羽田からの富山便を調べた。十四時台、十六時台、二十時台がある。

十六時台の便に乗ることにした。

亜季は口をとがらせた。東京に一泊しただけで帰ったら、父親は彼女を家に入れないと思うという。

「普通の親なら、ほっとして胸を撫《な》で下ろすか、涙を流しそうな気がするが。……あんたはお父さんに、なにをいわれそうなんだ？」

「茶屋さんに嫌われたか、なんの役にも立たないんで、送り帰されたんだっていわれそう。……わたし、可愛くない？」

「充分、可愛いよ。だけど、そういう問題じゃ。私には仕事が。……いや、須笑子さんの行方も気になるし、これは、人命にかかわる……」

茶屋は自分がオロオロしているのに気づいた。彼は、女性の泣きおとしが苦手なのだ。

彼は、黒部にもどる理由を順序立てて説明しようとした。

「じゃあ、わたし、東京に残ってる。事務所の二人のおねえさんと仲よくしてるから」

「あんたを帰すのが目的じゃない。あんたが黒部へいかなきゃはじまらないんだ。あんたは大事な役目を負っているんだよ」

亜季は、渋々だが納得したようだった。

2

茶屋と亜季が、日本海新聞社の黒部支局に着いたのは、とうに日没がすぎてからだった。

富山空港から寅松に電話した。亜季と一緒だといったら、寅松は「やっぱり」とつぶやいた。彼はどうやら、娘が茶屋のお荷物になったものと早呑み込みしたようだ。

寅松とは支局で落ち合うことにした。

茶屋と亜季よりも寅松は先に着いて、缶コーヒーを口に傾けていた。

「先生、ご苦労さまです」

寅松は椅子を立つと軽く頭を下げてから、亜季をにらみつけるような顔をした。無断でまとまった金を引き出して、東京へいったのを目顔で責めていた。

貼り付けたような濃い眉の日陰記者と、力士のような大柄なカメラマンが、パソコンの前へ茶屋と亜季を招いた。

寅松と茶屋と亜季が並んで、人物が写っている画面をにらんだ。

「この人だ」

二十枚ほど送ったところで、亜季がいった。

彼女が指差した男は、紺色の帽子《キャップ》をかぶり、オレンジ色のパーカを着て、黒い小型リュックを背負っている。同じ男が写っているのが八コマあった。上半身のみ写っているのも、横顔も、後ろ姿も、少し離れたところから全身をとらえているのもあった。

正面から撮ったコマを拡大してもらった。

やや面長の左の頰にホクロが二つ浮き出した。帽子をかぶっているので、額から上は隠れていて、眉と頭髪の具合などは分からない。くっきりとした目をしていて、ハンサムである。何人かにまじっているのを見ると、背は高いほうで、茶屋と同じ一七六、七センチはありそうだ。

「この人なら見覚えがある」

寅松は画面をじっと見てからいった。

日陰記者とカメラマンは、写真の男を覚えていないようで、意識したこともないといった。カメラマンは、男の挙動が気になったので撮影したのではないという。

「この人、ハイキングシューズでなく、山靴を履いています」

茶屋が男の全身写真を見て指摘した。

「そうだ。登山靴だ」

日陰がうなずいた。

「冬本さんたちの班のあとを尾いて歩いていたというんですから、どなたかの知り合いだったのでは？」

茶屋がいった。

記者とカメラマンは首を傾《かし》げた。

寅松はあらためて画面に目を近づけた。

「思い出した。私はこの人を、老人ホームの近くで見たことがあった」

彼のいう老人ホームには、須笑子の母親さち江が入居している。

「どうして、老人ホームの近くにいたの？」

亜季だ。

「分からん。誰かに会いにいったんじゃないか？」

「誰か。……もしかしたら、おばさんに会いにいったんじゃ？」

さち江のことだ。

「もしそうだとしたら、さち江さんの知り合いっていうことになる。そういう人なら、須笑子ちゃんも知ってるんじゃないかな？」

「須笑子さんの知り合いだったんなら、捜索しているとき、須笑子さんとこの人が話をしているはずだよ」

「話し合っていなかったか？」

「この人、いつもわたしたちより後ろのほうに離れていたし、須笑子さんと話しているところを見たことなかった。須笑子さんの知らない人だと思う」

四人のうちで、写真の男を意識していたのは亜季のみだ。彼女らの班には、峡谷鉄道員と、出水製薬社員の各二人がいたという。その四人のうちの誰かが、男を記憶している可能性がある。

「冬本さんが、老人ホームの近くでこの男を見かけたのは、いつでしたか?」

「うむ……」

寅松は腕組みしていたが、貫井雅英が行方不明になる前だったような気がすると答えた。

その記憶どおりだとすると、男は何日間も黒部市にいたことになる。もしかしたら黒部市内か隣接地に住んでいる人ではなかろうか。

茶屋はカメラを出し、寅松と新聞社の二人に、白石益男の顔と姿をモニターに映して見せた。

三人は、見覚えのない男だといった。

茶屋は、どういう人物なのかを話さないことにした。話すことによって須笑子が傷つくように思われたからだ。

日陰は、それが誰なのかを知りたそうだった。が、茶屋は、いずれ話す、といってその場を逃げた。

茶屋は、正体不明の謎の男が写っているコマをプリントしてもらった。

茶屋はまた、黒部川沿いの翠峡荘へ泊まることにした。

寅松と亜季を迎えて夕食を囲むことになった。

寅松に酒を注がれたところへ、意地悪をするように電話が入った。

牧村だ。

「今夜は、黒部から出てきたおねえちゃんを、じっくり観察するつもりだったのに、黒部へもどったそうじゃないですか。ぼくの楽しみをぶち壊しましたね」

サヨコかハルマキが知らせたのだろう。

「若くて顔は可愛いけど、肝が据わっていそうだし、酒の強さは半端じゃないということでしたので。……ひょっとしたらその娘、東京へ帰った先生を、連れもどしに東京へ出てきたんじゃないんですか」

「あんたは、今夜も歌舞伎町の、わりと脚の長いねえちゃんの手を握って、勝手な想像をしているがいい。いま、チャーチルにいるんじゃないのか？」

「よくお分かりです。先生は、新庄から出てきたおねえさんのことをすっかり忘れて、いまも若くて可愛いねえちゃんと、差しで？」

「ずばり、察しのとおりだ」

「そのねえちゃん、十九だそうじゃないですか？」

「ああ」

「ああって、先生も、ワルですね。未成年に酒をしこたま飲ませ、あと、なにを教えたんです？」

「悔しいのか？」

「悔しいですよ、そりゃ。……茶屋次郎はいまが男盛りで、体力もある。お金を不自由なく遣える。取材と称して、事件を調べているから、毎日が面白い。どこの書店にも自分が書いた本が並んでいるから、初対面の人にも身分の証明ができる。だからこれからも、いまそこにいるねえちゃんより、もっともっと可愛い娘が何人もひっかかるでしょう。……ねえちゃんの控えを二人も三人もつくっておくと、便利でしょうね。一人が具合が悪かったり、都合がつかなかったりしても、予備がいる」

牧村は生来、ひがみっぽい性格のようだ。

茶屋は、ゴチャゴチャと喋りつづけている牧村を無視して、停止ボタンを押した。牧村は独りで喋りつづけているうち、過《あやま》って舌を噛み切るかもしれない。こういう場合、加害者は誰になるのか。

茶屋と、寅松と、亜季は、地酒をチビリ、チビリと飲《や》りながら、例の写真の男の身元をどうやって割るかを話し合った。

「あした、おばさんに写真を見せたら?」

亜季が、須笑子の母親のことをいった。

「さち江さん、分かるかな?」

寅松は首をひねった。

老人ホームにいるさち江は、たまに正気に返ったようにまともな話をする日もあるが、寅松が誰なのか分かっていないらしい日もあるという。

「わたしのことも、忘れちゃったかしら?」

「あしたいって、会ってこい。さち江さんは、蜂蜜金時芋《はちみつきんときいも》が大好きだった。それを持っていって食べさせたら、まともになるかもしれん」

寅松は、あすの朝一番で金時芋を買ってくるという。

「さち江さんは、須笑子さんが何日もこないことを訊きますか?」

「きのうは、訊きました。私が入っていったら、後ろを見て『須笑子は?』っていいました。なんて話したらいいのか、困りました」

須笑子がいなくなってからのさち江は、なんとなく寂しげだという。

テーブルに並んだ料理は、きれいに空になった。寅松は、際限なく飲みつづけそうな亜季を促した。

茶屋は部屋で浴衣に着替え、タオルを持った。露天風呂に浸かるつもりだったが、脱いだジャケットでケータイが鳴った。瞬間的に、須笑子からであるのを祈ったのだが、

「先生。なにをしていてもかまいませんが、そこにいられるのは、仕事だということ、仕事だから原稿を書くと。いいですね、忘れないで」

牧村だった。彼は酔っている。まだチャーチルにいるのだろう。だが、十分か二十分おきには仕事が頭にちらつくらしい。

3

茶屋の朝食がすむのを見計らっていたように、寅松と亜季がホテルのレストランへやってきた。二人はホテルの従業員と顔見知りのようである。

「さち江さんの好物がこれです」

寅松が透明の袋に入れた物を見せた。皮は赤く、実は黄金色の金時芋だ。

「おひとつどうぞ」

蜂蜜を用いていると聞いたので、えらく甘いのではないかと、茶屋は恐る恐る口にした。

「おいしいですね」

「でしょ」

亜季もひとつ摘まんだ。

さつま芋の素朴《そぼく》な味が活《い》きていた。濃いめの緑茶が欲しくなった。

それに気づいたのか、亜季は急須《きゅうす》を持ちにいった。

寅松は、昨夜帰宅してから須笑子に電話してみたが、電源が入っていなかったという。

「須笑子さん、どこかに閉じ込められているんじゃない」

亜季は、茶屋に緑茶を注いだ。

「何度か電話をよこしたんだ。監禁されてるってことはないと思うが」

寅松は、氷を入れた水を飲んだ。


さち江が入居している老人ホームは、黒部川の愛本橋《あいもと》から二キロほど下流だった。大扇《せん》状地《じょうち》はその辺りから富山湾に向かって一気に幅を広げている。

ホームの二階からは黒部川と、川沿いの緑地公園を眺めることができた。

さち江の顔を見て、須笑子の母親だと茶屋にはすぐに分かった。顔のかたちも目のあたりもよく似ていた。

さち江はたたんだタオルを手にしていた。

寅松が声を掛けると丁寧《ていねい》に頭を下げた。他人行儀である。会った瞬間に誰なのかの判断ができないようなのだ。

「おばさん」

亜季が手を握った。「何日もこれなくて、ごめんね。わたし忙しかったの」

「ああ、ああ、亜季ちゃんじゃないの。どうしたの、こんなとこにいて？」

さち江は相好《そうごう》を崩した。

「おばさんに、会いにきたのよ」

「そう。でも、わたしね、きょうは駄目なの」

「どうしたの？」

「忙しいんだよ。ほらほら、お客さんが大勢」

さち江の目はなにを映しているのか、タオルを持った手を振った。

彼女は五、六歩ゆくと床にうずくまった。何分間かじっとしていたが、気を取り直したように、タオルでフローリングの床を拭きはじめた。それも、ただこするだけでなく、力を込めて磨《みが》いているのだった。

茶屋の胸を熱いものがのぼってきた。彼女は働いているのだった。廊下を磨く仕事に精を出しているのだった。

二十分もすると、彼女は床の面を撫でて立ち上がり、腰が痛むのか軽く叩いた。

寅松と亜季が、さち江を白木の椅子にすわらせ、金時芋を出した。職員が笑顔をつくってその脇を通った。

テーブルに、例の男の写真を置いた。知っている人か、と寅松も亜季も訊いた。

さち江は、タオルを手からはなさず、写真に見入った。二、三分のあいだ見ていただろうか。

たたんだタオルを固く握り直すと、それで写真を叩きはじめた。そのやりかたには憎しみが込められているようだった。

「おばさんの、知ってる人？」

亜季が訊いたが、さち江は答えず、写真に目を凝《こ》らし、またタオルを固めて叩いた。

寅松は、思いついたというふうに、貫井の捜索中に新聞社のカメラマンが撮った須笑子の写真を置いた。

するとさち江は写真を手に取り、

「よく撮れてるね」

といって、寅松と亜季に笑顔を向けた。須笑子を見ると気持ちが安らぐらしい。

寅松は、便利屋の仕事に出掛けた。

茶屋と亜季は、黒部峡谷鉄道の営業センターを訪ねた。そこには亜季の知り合いの社員がいる。彼女はその人に、九月二十四日から二十七日まで、一緒に貫井捜索に参加した二人に会いたいと告げた。

日報を見る、と社員はいって奥へ引っ込んだが、すぐに出てきて、そのときの二人は現在、黒薙《くろなぎ》の現場で補修工事の作業中だと教えられた。

茶屋と亜季はトロッコ電車に乗った。

電車はきょうも、観光客でほぼ満員だった。

日ごと紅葉はすすみ、V字谷や垂直の断崖に真っ赤な点を散らしていた。

線路に沿ってコンクリートでおおわれた歩道がつくられている。雪に閉ざされた冬期、発電所関係者はこれを通って物資を運ぶ。

宇奈月、黒薙間は六・五キロ。二十五分で着いた。駅の近くには、ヘルメットをかぶった作業員が七、八人いた。その中の一人が亜季を認めて、「よお」と手を挙げた。貫井捜索に参加した人だった。もう一人も近くにいた。

二人は、ヘルメットをあみだにすると、亜季の出した写真を手に取った。

「見たことあるよ、この人」

小柄なほうがいった。「たしか独りで、おれたちの後ろのほうを歩いていたんじゃなかったかな」

亜季の記憶と合っている。

もう一人の小肥りのほうは、写真の男に気づかなかったのか、見覚えがないと答えた。

見覚えがあると答えた彼も、写真の男とは言葉を交わしたことはなかったようだ。

茶屋と亜季は宇奈月へもどり、富山市へ向かった。

出水製薬の本社は市役所の近くにあった。そこで貫井捜索に参加した二人に会った。

写真を見た二人のうち、四角張った顔の社員が、見覚えがあるといった。

「この写真の人、二日か三日、私たちの後ろを尾いていたと思います。どういう人なのかと思って、私は何回かこの人を見ました。いま思い返してみると、この人の行動はおかしかった。私たちの班の後ろをずっと尾いているんじゃなくて、ときどき姿をあらわすといった恰好でした。夕方、全員が集合したときは、たしかいなかったように覚えています」

そう答えた社員も、写真の男と会話したことはなかったという。男は、ほかの人たちと言葉を交わすほど近くにはいなかったということらしい。

警察では、捜索に参加していた人、あるいは捜索のもようを見ていた人の身辺を念のために調べているのだろうか。

貫井の同僚だった二人によると、会社へは刑事が何度も訪れ、貫井の人間関係についての質問をしていたという。

「茶屋さん、市役所の上へ昇ったことある?」

「いや。市役所へ入ったこともないが、上のほうにはなにかあるの?」

「展望塔があるんだよ」

知らなかった。なにかで見たか読んだかしたことがあったかもしれないが、忘れたのだ。

亜季に背中を押されるようにして、灰色のビルの市役所に入り、エレベーターに乗った。

高さ七〇メートルの展望フロアの窓に寄ったとたんに、茶屋は思わず声を上げた。市街地と無数の建物群の彼方《かなた》の中空に白い稜線《りようせん》が横たわっていた。

立山連峰である。山裾が薄墨色にかすんでいるので、雪化粧した連峰はギザギザの帯になっていた。

眼下が緑の森と芝生の城址《じようし》公園だった。その先の西側に神通川の広い流れがあり、それをたどった真北が富山湾だ。やや上流には空港がある。市街地をはさんで東側には常願《じようがん》寺《じ》川が富山湾に注いでいる。

富山駅を出た北陸本線の列車が、神通川を渡るのが見えたし、東と南へゆく富山地方鉄道の電車が模型のように見え隠れした。

秋の日暮れは早く、眼下にひとつふたつと、紅灯が点じはじめた。

宇奈月温泉にもどったところで、茶屋にはやらねばならないことはなかったのだが、亜季に引っ張られるようにして、今夜も翠峡荘へ入った。彼女はセーターの腹を撫でた。鳴きはじめた腹の虫を黙らせようとしたらしい。

フロントで部屋のキーを受け取ったところへ、男が二人、茶屋を左右からはさむように近寄った。一人は浅黒い長い顔、一人は頬骨が張り、顎《あご》がとがっている。富山県警の刑事だった。

茶屋は亜季に、ラウンジでビールでも飲んでいろと耳打ちした。

「いまの女性とは、どういうご関係ですか？」

君島《きみじま》という浅黒い顔のほうが訊いた。五十歳見当だ。目つきの鋭さが買われて刑事になったのではないか。

茶屋は二人の刑事と向かい合って、ソファに腰を下ろした。

彼は、亜季と知り合ったきっかけを話した。

「すると、一週間以上、彼女と一緒ですか？」

「ときどき……」

茶屋は曖昧《あいまい》な答えかたをした。

「あなたは東京へお帰りになったが、冬本亜季さんが迎えにきたので、このホテルへもどってきたそうですね？」

「そんなことを、誰からお聞きになったんですか？」

「そのとおりなんですね？」

刑事の訊きかたから推《お》すと、茶屋の身元確認のために事務所に問い合わせしたもようだ。たぶんサヨコが応答したのだろう。宇奈月温泉滞在中に親しくなった亜季が、茶屋とは別れたくなくて、東京へ追ってきた。彼は意志の弱い男であって、亜季にしがみつかれたので、ずるずると彼女のいいなりになって、宇奈月にもどった、というようなことをいったと思われる。

牧村編集長のまわし者のようなサヨコは、茶屋がゆく先々で窮地に追い込まれ、のた打ちまわるのを期待している。したがって問い合わせの刑事に対して、誤解を招くような答えかたをしたにちがいない。

茶屋は三十分ばかりかけて、亜季、それに父親の寅松とも知り合いになってからの今日までを話した。

二人の刑事はたぶん、彼の話よりも、サヨコのいったことのほうを信じているだろう。

「ところで茶屋さんは、美池須笑子さんが現在、どこにいるのかをご存じですか？」

やっと本題に入ったようだ。

「彼女の行方を心配していますが、居所は分かりません。刑事さんも、彼女の行方を気になさっているんでしょうね？」

「美池さんには、まだ訊きたいことがあった。それを彼女は承知しているはずなのに、何日も家を空けている」

君島は、須笑子の身の危険を案じているのではなく、貫井事件について彼女から事情を聴きたいだけのようだ。

「茶屋さんは今朝、老人ホームで美池さち江さんとお会いになっていますね？」

「よくご存じです。会いました」

「目的は、なんですか？」

「もしかしたら、娘さんの行方を知っているんじゃないかと思ったものですから」

「あなたが美池須笑子さんの行方を知りたい目的は、なんですか？」

「彼女が、危険なことをしようとしているんじゃないかって考えたからです」

「どうして、そう考えたんですか？」

「恋人が殺されたことを知った。その直後に、親しい人にも行方を知らせずに出掛けている。恋人の貫井さんがなぜ殺されたのか、犯人は誰なのかを知るために出掛けたに決まってるじゃないですか」

「美池さんには、犯人についての心当たりがあるということですね？」

「刑事さんは、そういうふうには考えないんですか？」

二人の刑事はちらりと顔を見合わせた。

君島の目はますます鋭くなり、異様に光った。

4

「今朝、老人ホームで茶屋さんは、美池さち江さんに、写真を見せていたそうですね？」

君島刑事は、上体を前に出した。地底から湧くような太い声は不気味である。

「見ていただきました」

「美池さち江さんに見せたということは、貫井さんの事件と関係がありそうですか？」

「あるかどうかは分かりません。もしかしたら知っている人じゃないかと思ったものですから」

「写真は、誰ですか？」

「名前も身元も分かりません」

茶屋は例の男の写真を二人の刑事の前へ置いた。日本海新聞のカメラマンが撮ったものだと話した。

君島刑事は、なぜ茶屋がこの写真の存在に気づいたのかと訊いた。

茶屋は、冬本亜季の思いつきがヒントになったのだといった。

君島は上体を伸ばした。その目はラウンジにいるはずの亜季をさがしていた。

茶屋は後ろを振り返った。ラウンジに亜季の姿がない。彼女は刑事にものを訊かれたくなくて、帰宅したのだろうか。いや、彼女はそんな小心者ではない。

茶屋は、ラウンジの入口に立っている若い女性従業員に亜季のことを訊いた。

「さきほど生ビールを一杯お召し上がりになったあと、お風呂をお召しになるとおっしゃって、出ていかれました」

お気に入りの露天風呂に浸かっているのだろう。

茶屋はそのことを刑事に話さないことにした。話せば刑事たちが茶屋と彼女の間柄をどう勘繰《かんぐ》るか、相場は決まっている。

露天風呂に首まで浸かっているにちがいない亜季は、三十分や四十分は上がってこないだろう。

茶屋はソファにもどった。

「今度は、私の質問に答えてください」

茶屋がいうと、君島の目が大きくなった。「貫井さん殺しの犯人の目星《めぼし》はついているんですか?」

「目下、富山と東京で、貫井さんの身辺を精《くわ》しく調べているところです」

目星どころではないということらしい。

茶屋は週刊誌に名川紀行を書くために黒部を訪ねたのだが、たまたま殺人事件の関係者とかかわりを持つことになった。だからその事件を書く。

だが、テレビや新聞が報じたことを書いていたら、他の週刊誌と同じで二番煎《せん》じだ。彼の書く名川シリーズが、日ごろ社会の出来事に興味のない読者にも支持されているのは、報道とはべつの局面を切ってみせているからだ。テレビや新聞は、警察発表を重視して報じているが、茶屋はそれに沿う必要はない。

あくまでも自分の手で摑んだ情報に基づいて、真相に迫る。それには警察の捜査の先手先手を歩かねばならない。姑息《こそく》の誹《そし》りをまぬがれないだろうが、独自に得た情報を、警察やマスコミにはできるかぎり与えないことにしている。

が、今回の場合、美池須笑子の身を危険が取り巻いていることが考えられる。いまは彼女を危険圏内から救い出すことが肝心《かんじん》だ。

彼女はまちがいなく、貫井殺しの犯人を割り出そうとしている。犯人との距離が縮《ちぢ》まれば、そのぶん彼女は危険の闇に閉ざされることになる。

「三年前まで美池さんが、東京にいたことはご存じですね？」

茶屋が訊くと、仏頂面《ぶっちょうづら》の君島は小さくうなずいた。茶屋の胸の裡《うち》をのぞくような目つきだ。

「彼女は、立川市の福祉施設に勤めていたのですが、当時、親しくしていた男性が、多摩川で絞殺死体で発見されました。それもご存じですか？」

「な、なんですって。……もう一度、話してください」

二人の刑事は、茶屋のほうへ前のめりになった。

その表情から、黒部署の捜査本部は須笑子の経歴や身辺に通じていないのを茶屋は見て取った。

貫井は絞め殺されたうえ、深い谷の岩壁で宙吊りにされていた。そのやりかたから捜査当局は、怨恨《えんこん》の線をにらみ、彼の交友関係に捜査の輪を絞っているようだ。

「茶屋さんは、それを、美池さんからお聞きになったんですか？」

「いいえ、独自に調べたんです」

「なぜ、彼女が東京にいたころのことを調べる気になったんですか？」

君島は、茶屋が須笑子の経歴を調べるにいたった道筋を知りたいらしい。彼だけではない。警察とはそういうものなのだ。茶屋のひらめきや、生来の勘など絶対に信用しないのだ。

茶屋は、東京で福祉施設に勤めていた須笑子が、郷里に帰ってから福祉関係の仕事に従事しなかった点に疑問を抱いた。彼女が立川の施設を辞めて郷里に帰ることにした理由が、実際とは異なっていた。だから彼女の経歴のどこにどんな事情があったのかを知りたくなったのだった。

顎のとがったほうの刑事が席をはずした。捜査本部にたったいま茶屋から聞いた、多摩川の事件を報告するのだろう。

かるだろう。

ほどなく三年前の事件は事実で、被害者は青梅市の病院に勤務していた会津貴年だと分かるだろう。

会津が殺された事件は未解決。捜査は続行されているから、黒部署は情報交換をはじめるにちがいない。

首を絞められて多摩川に投げ込まれた会津も、黒部峡谷で宙吊りにされていた貫井も、美池須笑子と恋愛関係にあった事実が判明する。ここではじめて須笑子を二件の殺人の最重要参考人とし、彼女の行方捜索に着手するはずだ。

茶屋は警察にヒントを提供した以上、手を拱《こまぬ》いているわけにはいかない。組織的に活動する警視庁と富山県警の先を歩かねばならない。

いま刑事に与えたヒントは、掌中に握っている情報のうちの五割程度だ。あとの五割は、三年半前の四月に立川市の公園で発生した若い母親殺しだ。この事件については一言も触れないことにした。独自に仕入れた情報をすべて与えてしまったら、彼はやることがなくなってしまう。

黒部署の捜査本部は、貫井の交友関係を調べるために、刑事を東京へ送っていそうだ。その刑事は本部からの連絡と指示によって、青梅署へゆく。立川市の福祉施設へ寄って、須笑子の勤務状態などを聞き込む。たぶん所長と会うだろう。が、そこではたして、市内の公園で白昼、繰《く》りひろげられた地獄絵のような事件を知るだろうか。その事件は施設にとっては思い出したくないことであるはずだ。もしかしたら所長は、須笑子と交際していた会津が被害に遭った事件は話しても、公園の惨事については口をつぐんでいそうな気がする。

顎のとがった刑事がソファにもどってきたところへ、サヨコから電話が入った。

茶屋は椅子を立ち、太い角柱に寄りかかった。

「夕方、富山県警黒部警察署捜査本部の、気味の悪い声の刑事から、先生の身元を確認する問い合わせが……」

「いま、ホテルで刑事と会っている。お前がよけいなことをいったんで、私は刑事から白い目で見られている。これからは、そういう問い合わせについて、どう答えるかのマニュアルをつくっておくことにする。いいか、今後は、そのマニュアル以外のことは喋るな。……聞いてるのか？　聞こえてたら、返事をしろ」

「あのね、ちょいと……」

サヨコは、すれっからしの年増女の口調になった。「わたしもハルマキも、先生の役に立つために、周辺の環境のよろしくない、このきれいとはいえない事務所にいるのよ」

「当たり前だ。役に……」

「黙って、聞いて。……わたしたちがいるので、茶屋次郎は面白いものが書け、各社から原稿依頼があるんじゃないの。なんだって、マニュアルどおりにものをいえって？　どうしてもっていうんなら、そうしてあげてもいいですよ。そのかわり、次の日からは、まちがい電話も掛かってこなくなる」

電話はサヨコのほうから切れた。

フロント左手のエレベーターのドアが開いた。浴衣姿の火照《ほて》ったように紅い顔の女が出てきた。亜季だった。彼女は着替えた服とタオルを抱え、茶屋に向かって手を振った。

茶屋は目を瞑《つむ》った。刑事が亜季の姿を見たらどんなことを想像するか。彼女は彼を困らせるためにつきまとっているような気がしないでもない。

二人の刑事はホテルを出ていった。入れ替わるように玄関の自動ドアが開いて、寅松がやってきた。

彼の背後に白っぽいジャケットの背の高い女性がいた。腿をぴっちりと締めたパンツを穿《は》いている。彼は柱の陰にいる茶屋に気づかず、女性になにか語り掛けていた。女性の表情を見るかぎり、このホテルに入るのは初めてのようだ。

エレベーターの前にいた亜季は姿を消していた。寅松が女性を伴ってきたのを見たにちがいない。

5

寅松が連れてきたのは、現在、同時進行で親密にしている三人のうちのヨシエという女性だった。亜季から聞いたところによると、寅松はこのヨシエとすごす時間が最も多いらしい。彼は娘に対して、「お前にゃ分からんだろうが、ヨシエの肌はすべすべしていて、からだは蛇のようにしなやかで」などと話すことがあるという。

「ヨシエが、どうしても茶屋先生に会いたいっていうもんですから」

寅松は、いくぶん照れ臭そうないいかたをした。

ヨシエの身長は一七〇センチぐらい。色白の丸顔。痩身だが胸は張り出している。あえて難をいえば目が細い点だろう。黒い丸首のシャツの胸にはきらりと輝く石が、銀色のチェーンに吊られている。二十七、八見当だ。

彼女は茶屋の最近の著書を持ってきた。サインをして欲しいという。

「わたし、先生のご本、五十冊ぐらいは読んでいます」

声は清流のように澄んでいる。

「それはどうも」

茶屋は、ホテルの従業員に筆ペンを借りてサインをした。

茶屋が二人を、夕食の席へ案内した。思いもよらない刑事の訪問で、さっきから腹の虫が癇癪《かんしゃく》を起こしていた。

三人が辛口の地酒を注ぎ合ったところへ、亜季があらわれ、茶屋の横にすわった。浴衣姿でなく、茶屋はほっとした。

「娘の亜季だ」

寅松がいった。亜季とヨシエは初対面だったのか。

「まあ、可愛い。……お父さんには、お世話になっています」

ヨシエは細い目を糸のように細くして、軽く頭を下げた。「お父さんから、いつも亜季さんのお話、聞いていたんですよ」

亜季もちょこんと頭を下げた。

「こういうとき、なんていえばいいの？」

彼女は茶屋に訊いた。

彼は笑っただけで、答えなかった。

ヨシエは、寅松が三、四日、間《ま》をあけると脅迫的なメールを打ってよこすというが、寅松の横で酒を飲み、刺し身を口に運んでいる顔はまことに穏やかだ。

茶屋と寅松は、例の写真の男を話題にした。

須笑子のいる捜索班のあとを、つかずはなれずしてついてきていた目的はなんだったのか。

「須笑子ちゃんのスキを窺ってたんじゃないでしょうか?」

寅松は、太刀魚《たちうお》の塩焼きを箸で割った。

「老人ホームにあらわれたということは、さち江さんを見にいったのか?」

茶屋は、肉厚のぐい呑みを口に傾けた。横から亜季が酒を注いだ。

「先生。あの男は、須笑子ちゃんにもさち江さんにも、恨みを持っているんですよ。二人を傷つけようとして、スキを狙っていたんですよ、きっと」

寅松の推測どおりだとすると、須笑子と交際していた二人の男を殺した犯人と同一人物ということになりそうだ。

男は、須笑子に恨みがあるので、恋人を殺して、彼女を寂しがらせたり、困らせたり、不安にさせたりしたかったのか。そうだとすると、老人ホームへいったのは、さち江を殺し、須笑子を恐怖のどん底へ突き落とすつもりだったのだろうか。

彼女を恨んでいた人間として思い浮かぶのは、立川市の公園で妻を殺された白石益男だ。須笑子は、妻と娘の目と鼻の先にいたのだから、妻子を襲おうとした犯人の凶行を、なんらかの方法で阻害《そがい》することができたはずだと、胸が張り裂けるほど悔んだことだろう。

だが彼には、狂気よりも理性がまさっていてか、警察署において須笑子に、糾弾《きゅうだん》に似た言葉を浴びせただけにとどめたようだ。

彼は、妻とともに殺されていたかもしれない娘を育てている。実家の近くに住み、両親との交流も密のようだ。女性を自宅に招いているところから、日常は充実しているようであり、新しい家庭生活がはじまりそうな雰囲気もある。

茶屋は白石を、会津貴年と貫井雅英殺しの犯人ではと疑った。須笑子を恨んでいないはずはないと考えたからだ。

黒部峡谷に貫井の足跡を求めて歩く須笑子のあとを尾けるようにしていた男は、あるいは白石ではないかと思いついたのだが、彼でないことは写真で証明された。茶屋は白石益男を直に目に焼きつけたが、例の写真の男とは明らかに別人であった。

白石花枝が殺されたことで、須笑子を恨む人間がほかにいるだろうか。

寅松がタバコにつける火を見た瞬間、茶屋の頭に、立川市の福祉施設職員の鳥越今日子の顔が浮かんだ。額に小さな吹き出物のある素朴な女性だ。目下、社会福祉士の資格を取るための勉強をしていると語っていた。

茶屋事務所のサヨコやハルマキとは人種が異なっているようだ。鳥越今日子から見たら、サヨコとハルマキは、べつの天体からやってきた生物だろう。

いま彼の横で手酌で飲み、カニの足をほじくっている亜季は、宇宙空間に存在するまたべつの星で生まれた生物なのではないか。

茶屋は、鳥越今日子に電話した。

呼び出し音が五つ鳴ってから、いくぶんかすれた声が応じた。

彼は夜分の電話を詫《わ》びた。

「このあいだはご馳走《ちそう》さまでした。いま、茶屋さんのご本を読んでいたところです。このぶんだと、今夜は寝不足で、あしたは辛そうって思ったところです」

なんといい娘なのだろうか。茶屋はサインペンを持って、彼女の自宅へ駆けつけたいくらいである。

「三年半前の、例の事件のあとですが」

彼は公園での事件のことをいった。「亡くなった白石花枝さんのお葬式に、美池さんは参列したでしょうか?」

「いきました。市の障害福祉課の課長さんと、うちの所長と、美池さんと、わたしで」

「……」

「あなたも」

「美池さんに、一緒にいってほしいって頼まれたんです」

白石家の葬儀は武蔵野市内の寺で執り行われたのだが、会葬者の多さは驚くほどだった、と彼女はその日を振り返るようにいった。葬儀には白石家の親族はもとより、故人の親族も参列していたにちがいない。

「花枝さんは、立川市か武蔵野市の出身のようでしたか?」

「それは知りません。……あとで聞いたことですけど、花枝さんの肉親は、お兄さんだけということでした」

両親はすでに他界していたということなのか。

花枝は二十六歳で死亡した。歳の近い兄なら現在三十代前半ではなかろうか。

茶屋は思い立つとじっとしていられなくなる質《たち》だ。

東京の弁護士の自宅に電話した。弁護士が直接応答した。

「茶屋さんは、こんな時間も仕事を?」

弁護士は風呂に入ろうと、ズボンの片方を脱いだところだという。

「黒部です。宇奈月温泉です」

「いいところで、お楽しみじゃなかったの?」

「大事なことを思いつきました。あしたの朝一番で、公簿を調べてください」

弁護士は、ズボンを穿《は》き直すといった。

「どうぞ、用件を」

弁護士はペンを握ったようだ。

茶屋は、白石益男の名と住所をメモしてもらった。白石の妻花枝は三年半前、立川市の公園で変質者に首を絞められ、それが原因で死にいたった。花枝には兄がいるらしい。兄はなんという名で、何歳で、どこに住んでいるのかを知りたい、と頼んだ。

茶屋は明日、羽田に着いた足で弁護士の事務所へ寄ることにした。

席にもどると寅松が、

「先生はお疲れでしょうから、そろそろ」

と、ヨシエを促した。が、亜季には声を掛けなかった。娘をここに残して、ヨシエの家へ帰るのではないか。もしかしたら茶屋が電話を掛けに立っているあいだにヨシエは、寅松の腰のあたりをつついて、「早く二人きりになりたい」などと催促したのではないか。それを感じ取ったのか亜季は、ぐい呑みを一気に口に傾けると、すっくと立ち、無言のまま小座敷を出ていった。ジャケットを小脇にしていったのだから、家へ帰ったようだ。

彼女は父親が、妻でない女性と一緒にいるのを、何年も前から見てきているのではなかろうか。だから彼女にとっては、感情が躍ることではないのだろう。

父親の寅松は、十九の娘の肚《はら》の中を読んで、今夜ぐらいは真っ直ぐ帰宅するのではないかと茶屋はみたのだが、料理を運んでいた客室係が、

「冬本さま、タクシーがまいりました」

と告げにきた。

寅松は悠然とタバコを消し、

「では先生、おやすみなさい」

といって立ち上がった。酔いがまわってか、靴を履《は》きかけてよろけた。そこをヨシエが支えた。彼は彼女の肩に手を掛け、そのまま二人はもつれるようにして玄関を出ていった。

部屋へもどろうとした茶屋だったが、柱の陰でつまずきそうになった。浴衣姿でタオルを抱えてエレベーターを出てきたのは亜季だった。彼女は茶屋の部屋で着替えたにちがいなく、これから露天風呂に浸かる。そのあと、どうするつもりなのか。

七章　隠された顔

1

茶屋は、東京・渋谷の弁護士事務所で戸籍謄本《こせきとうほん》を見ている。

三年半前に死亡した白石花枝は、水崎秀明《みずさきひであき》、久美《くみ》夫婦の養女だった。

花枝には木戸修造《きどしゅうぞう》という兄がいる。木戸は三十五歳だから花枝とは六つちがいだった。

花枝の旧姓は木戸だったが、水崎夫婦の養女となって水崎姓に変わり、そして白石益男と婚姻した。

茶屋は公簿を手にして小さく叫んだ。木戸修造、花枝の「父」「母」の欄《らん》が空白だったからである。

父親も母親も分からなくて、その氏名を記載できなかったということらしい。

通常、戸籍簿には、何年何月何日、何市（あるいは何区）何町何番地で出生とあるが、木戸修造と花枝のそれには「東京都杉並《すぎなみ》区で出生」としか記載されていない。それと届出人は大和田勝元《おおわだかつもと》で、杉並区長受付とある。大和田勝元と二人の続柄もこれを見るかぎり不明だ。

「先生。この二人の出生の事情を、どうお読みになりますか？」

茶屋は弁護士に訊いた。

「いくつかのことが考えられますが、それは推測にすぎません。茶屋さんには独特の調査能力があるのだから、調べてみることですね」

弁護士はメガネの中の目を細くした。

戸籍謄本には付票《ふひょう》が添えられていて、水崎夫婦の現住所が載っていた。木戸修造の本籍は杉並区で、現住所は渋谷区恵比寿南《えびすみなみ》だった。

茶屋はまず、木戸修造の住所を確かめることにした。

けさは寝不足気味で、頭が重かったが、木戸修造と花枝の戸籍を見て目が覚めた。

昨夜の睡眠不足の原因は、亜季である。茶屋が自分の部屋にもどると、布団を敷いてある部屋の隅に彼女の脱いだ物がきちんとたたんで置かれていた。脱いだ物をたたむ習慣は誰に教えられて身につけたのか。

彼は原稿用紙を広げてはみたが、ペンを持つ気になれなかった。酒の酔いのせいではなかった。ペンを持てないほど飲んではいなかったのだが、風呂から上がってきたあとの亜季のことが気にかかっていた。彼女は茶屋が寝《やす》む布団に横になりそうな想像が湧いたからだ。

それと、頭の中でチラチラ動くのは、寅松が伴ってきたヨシエの顔とからだの動きだった。寅松は彼女のからだのことを亜季に、「蛇のようにしなやか」と、つねづね話していたというが、まさにそのとおりで、白い腕は蛇のようにテーブルに伸びて盃を持ち、あるいは茶屋と寅松の盃に注ぎ、白い喉を見せて酒を吸うように飲んでいた。すわり直したりするとき、上体はくねくねと動いた。茶屋は、鍛え上げた寅松のからだに巻きつく白蛇を頭に浮かべた。

亜季は妙な女である。三、四十分すると足音を忍ばせるようにして風呂からもどった。洗面所にタオルを干し、次の間で普段着に着替えていた。それらの身動きのかすかな音は、茶屋の耳に手に取るように聞こえていた。彼がふすまを開けて飛びかかり、布団に押し倒すのを期待しているように取れなくもなかった。

「湯上がりは、やっぱりビールだよね」といって、冷蔵庫から瓶《びん》ビールを出し、グラスを二つ置いて白い泡を山盛りにした。

一本空けると、茶屋の翌日のスケジュールも訊かず、「じゃあね」といって出ていった。一陣の風のような女だった。

茶屋は恵比寿駅の西口を出て、交番で地理を訊いた。若い巡査が駅周辺の地図を指して丁寧に教えてくれた。

木戸修造の住所は、飲食店街を抜けて五、六分のマンションの五階五〇二だった。

一階のメールボックスの名札を見たが「木戸」という名は見当たらなかった。五〇二号室にはべつの姓の名札が入っている。

彼は五階へのぼってみた。五〇二号室のドアの横にはメールボックスと同じ姓の名札が入っていた。

マンションの家主を訪ねた。出てきた主婦に木戸修造が住んでいるはずだが、と訊くと、

「木戸さんは、一年ちょっと前に出ていきました」

といわれた。

転居先を訊いたが、知らないという。

木戸の職業を訊いた。イラストレーターだと主婦は答えた。

茶屋は、日本海新聞のカメラマンが撮った例の男の写真を見せた。

「木戸さんです」

主婦は言下に答えた。

茶屋は、まちがいないかと念を押した。

主婦は強く顎を引き、

「ついこのあいだも、木戸さんのことを訊きにこられた方がいました」

といった。

「それは、どんな人でしたか?」

「女性です」

「なんという人だったか、覚えていらっしゃいますか?」

主婦は首を傾げ、名前を聞いたが忘れたという。

木戸のことを訊きにきた女性は何歳ぐらいだったかを訊くと、三十二、三見当だったという。もしかしたら美池須笑子ではなかったか。

茶屋は、須笑子の写真を持っていないのを悔んだ。日本海新聞のカメラマンは、貫井捜索中の彼女の姿も顔も撮っていた。霧が岩壁を這《は》いのぼる谷あいに立つ彼女は、頰に髪を垂らしていた。「彼はどこにいるのか」とつぶやくように、高いところを見ている不安げな表情は、茶屋の印象に強く残っている。

「木戸さんとお話しになったことはありますか?」

主婦に訊いた。

「何回もあります。とても気さくな方で、わたしを描いてくださったこともあります」

「その絵は？」

「お見せします」

主婦は竹製の額に収まった絵を見せた。エンピツ画である。タマゴ形の輪郭《りんかく》と細くとおった鼻筋の特徴をうまく捉《とら》えていた。

「木戸さんは売れっ子だったと思います。出版社の方だと思いますが、しょっちゅう出入りしていましたし、そういう方たちとこの先の料理屋さんでよく食事されていました。木戸さんの引っ越し先、そこの店の人が知っているかもしれません」

茶屋は、主婦がいった店の名をメモした。

木戸は三年あまり住んでいたが、独り暮らしだったという。

「とてもきれいな若い女性と、駅前のカフェにいるところを見掛けたものですから、お付合いしている方ですかと訊きましたら、妹だとおっしゃいました。妹さんは結婚なさっているということでした」

それ以外に木戸は妹のことを話したことがあるかと訊いた。

「なかったと思います」

妹は白石花枝だ。三年半前に幼い娘の目の前で首を絞《し》められ、死亡している。当然だがその事件は大きく報道された。木戸は、被害者は妹だったと、家主には話さなかったようだ。

主婦に教えられた「浜ゆう」という料理屋は開店準備中だった。カウンターもテーブルも白木で統一されていた。ガラス張りの調理場に、白い帽子の男たちが四、五人いた。下駄の音をさせて出てきた四十半ばの板前に、茶屋は名刺を渡し、木戸修造の転居先を知りたいと話した。

「引っ越し先は知りません。木戸さんは、週に二回はきてくれていました。独りのときも、出版社や新聞社の方と一緒のこともありました。うちの大将とも女将《おかみ》とも親しくしていたんですが、何日もお見えにならないんで、私が電話したら、使われていないというテープがまわりました。それで大家さんに訊きにいったんです。何日も前に引っ越したと聞いて、びっくりしました。そのうち寄ってくれるだろうと思っていましたが、いまだに……」

茶屋は、板前にも例の男の写真を見せた。木戸にまちがいないという。

木戸はなぜ、貫井の行方をさがす須笑子たちの近くにいたのか。

茶屋の木戸に対する疑惑がぐんと深まった。

木戸は一度、浜ゆうへ妹を連れてきたことがあった。兄妹が並ぶと、顔立ちはよく似ていたという。板前の記憶によると、妹を伴ってきたのは四年ぐらい前だったという。

その妹は殺された。が、木戸からその話を聞いたことはなかったようで、板前は花枝が亡くなった話をしなかった。茶屋も話さないことにした。

「最近のことですが、女性から木戸さんのことを訊かれたことはありませんか？」

「ありません。どうしてでしょう？」

「木戸さんの現住所をさがしている女性がいるはずです。その人、もしかしたら、こちらを訪ねているんじゃないかと思いましたので」

木戸が引っ越してから、彼の行き先を訊きにきたのは茶屋だけだという。

というと、木戸は仕事の関係先には転居先を知らせているとみていいのではないか。

茶屋は、木戸と一緒に食事にきた出版社や新聞社を知っているかと訊いた。

「何社かは知っています。支払いはたいてい出版社の方でしたので、領収書を出しました」

板前は、栄光社《えいこう》と朝波《あさなみ》出版を記憶していた。

料理屋を出ると、牧村編集長に電話した。

「東京へお帰りになったということでしたから、今夜は歌舞伎町へ呼ばれるだろうと思って、たったいま、胃薬を服《の》んでおいたところです」

「もう、歌舞伎町へなんか、いかない」

「あれ、どうしたんです。チャーチルでは丹子ちゃんが、毎晩、茶屋先生を待っているんです」

秋田生まれで、嫌なことや、哀しいことがあると、男鹿《おが》半島の寒風《かんぷう》山へいっていたという、細くて、胸の薄い娘だ。

「分かった。先生はまた、黒部の十九歳と一緒なんですね。いまから悪いことばっかし教えて。……あと五年もしたらその娘、したたかな女になって、先生がこつこつと、あんまり世のためにはならないことを書いて、ためた小金を……」

「あんたの頭には、ゆうべの酒が残ってるんじゃないのか？」

「いいえ、私は、次の日にさしさわるような飲みかたをしたことは、ただの一度も」

「木戸修造というイラストレーターを知ってる？」

「聞いたことのある名です。ちょいとお待ちを」

傍らの編集部員に訊いているらしい。

複数の人声と電話の鳴る音で、週刊誌編集部の雰囲気が伝わってきた。

「木戸修造さんに、うちでは仕事をお願いしたことはありませんが、文芸誌ではちょくちょく書いていただいているようです」

「女性サンデー」を出している衆殿社の文芸雑誌は「小説光彩《こうさい》」だ。横紙《よこがみ》という名の編集長の慧眼《けいがん》は早くから業界に知られている。

茶屋は、横紙の電話番号を聞いて掛けた。

「ああ、茶屋さん、しばらくです。『女性サンデー』がいつもお世話になっています」

横紙の野太い声を聞いて、鼻の下に髭《ひげ》をたくわえた長い顔を頭に浮かべた。
「小説光彩」はいまも年に何回かは、木戸修造に挿《さ》し絵を頼んでいるという。
それを聞いて茶屋は、神田の衆殿社を訪ねることにした。木戸の現住所は知られている
だろうし、どんな人物なのかも分かりそうだ。

2

衆殿社の受付には丸顔の可愛い女性がいて、茶屋を迎えると微笑して椅子を立った。

彼は応接室へ案内された。

髭の横紙編集長が、度の強そうなメガネを掛けた四十歳ぐらいの男を茶屋に紹介した。

木戸修造に何度も挿し絵を頼んだことのある高波《たかなみ》という編集者だった。

「『女性サンデー』の牧村とは同期入社です。茶屋先生のお噂は、たびたび彼から伺って
おります」

高波は目を細めた。

その表情で、牧村が茶屋のことをどんなふうに話しているのかの見当がついた。

「木戸修造さんのことを、お尋ねということですが、なにか？」

高波は、メガネの縁を指で押し上げ、真顔になった。

彼にも、例の男の写真を見せた。

「木戸さんです。山の中ですね？」

「九月二十四日から二十七日の間に、黒部峡谷で撮ったものです」

木戸がなぜ黒部にいたのかは、あとで話すことにした。

木戸の現住所を訊いた。高波は用意していたらしいメモを茶屋の前に置いた。

木戸の住所は小金井《こがねい》市で、電話番号とファックス番号が書いてあった。住所と仕事場は同じだという。

「どんな絵を描く人ですか？」

高波は、木戸の描いた絵を持ってくるといって部屋を出ていった。

「ご存じのとおり、小説誌の挿し絵は白黒ですが、何年か前に私は、木戸さんの油絵を見たことがあります。そのとき、色と形に対する並はずれたセンスの持ち主だと思いました」

横紙がいった。木戸は、日本を代表する化粧品会社のポスターの制作を請《う》けたこともあるという。

高波はＢ４判用紙にペンで描かれた絵と、雑誌を持ってもどってきた。

民家に放火した若い男が、自転車で逃走する小説の場面を、絵に切り採ったものだった。若い男は燃え上がった家を振り返っているが、顔は引き攣《つ》っていた。

茶屋は言葉が出ず、ただ唸《うな》った。その絵には、苛酷な運命を背負った若者の苦悩が描かれていた。

「業《ごう》を背負った青年の表情が、よく出ています」

横紙が髭を撫でた。

茶屋は、木戸の人柄を訊いた。

「おとなしくて、誠実で、仕事は締切りにきちんと間に合わせてくれます。……普段はそういう人ですが、酒が入ると、いくぶん人が変わります」

高波が答えた。

「どんなふうに？」

「まず口数が減ります。その酒癖を自分でも認めているようです。話しているのが嫌になるのか、次第に返事もしなくなるんです。その兆候が見えたとき、私は帰ることにしています」

「そのあとは、どうなるんだろう？」

「分かりません。……話し掛けたら殴られそうで、恐くてその場にはいられません。その酒癖がはっきりしてきたのは、三年ぐらい前からだったと思います」

「木戸さんの生い立ちを聞いたことがありますか？」

「いいえ。東京生まれということです」

「美術学校でも出ている人ですか？」

「独学だそうです。そのためか、よく、『正規な教育を受けていない』なんていいます。私は冗談だろうと思っていましたが、最近になって、彼は、生まれながらに画家だったと、持ち込んだはみるようになりました。……絵が好きで描いて、それを出版社に送ったり、持ち込んだりしていたんですが、頭角をあらわすのに、あまり時間を要しなかった人です」

「三年半前に、身辺に大きな変化があったんですが、それを知っていますか？」

茶屋は、二人の表情を見比べた。

「三年半前？　いったい、なにが？」

二人には木戸と白石花枝の事件は結びつかないようだ。

茶屋は、サクラの散る立川市の公園で起きた事件を話した。

横紙も高波も、その事件なら記憶があるといった。

「殺された若い母親は、木戸さんの妹さんです」

「妹……」

二人は顔を見合わせた。

被害者が妹だったのを、木戸は誰にも話していないのか。

「茶屋先生、三年半前といわれましたね？」

高波はなにかを思い出したようだ。「たしかそのころでした。二か月ばかり、木戸さんと連絡が取れないことがありました。うちの雑誌では、T先生の小説の挿し絵は木戸さんに決めていました。T先生も木戸さんの絵を気に入ってくれていました。木戸さんと連絡が取れないので、そのときだけは、べつのイラストレーターに依頼しました。他誌の編集者から、木戸さんの消息を訊かれた覚えもあります」

Tはサスペンス小説の名手であり、巨匠とも呼ばれている。民家に放火して、逃げる若者の小説もTの作品だった。

「木戸さんは、なぜ妹さんの事件を話さないのか？」

横紙がつぶやいた。

「木戸さんの最近のようすに、変わった点は？」

「八月に会ったきり、電話もしていません。顔が真っ黒に陽焼けしていたので、山へ登ったんですかと訊きました」

「木戸さんは、山をやるんですね？」

茶屋は、つい声を大きくして念を押した。

「クライマーです。私には登山の知識がありませんので、木戸さんの技量は分かりませんが、北アルプスや南アルプスの、名を知られた岩壁を登攀《とうはん》したことがあるそうです。前に住んでいた恵比寿のマンションの部屋の壁には、人工のホールドをはめ込んだ板がありました。それに手足を掛けて、毎日クモのように登っているということでした」

「いま住んでいるのは、どんなところですか？」

「最近は外でお会いするものですから、いまの住所へ伺ったことがありません」

ここで茶屋は、黒部峡谷にいる木戸修造の写真を入手するにいたった経緯を話した。

高波はペンを持った。

「白石花枝さんが凶行に遭った現場に、福祉施設職員の美池須笑子さんが居合わせたが、花枝さんを助けることができなかった。彼女は死亡した。被害者の兄が木戸修造さん……。その事件の半年後、美池さんと交際中だった会津さんが多摩川で殺され、今年の九月には、美池さんと交際中の貫井さんが、黒部峡谷で殺害された。貫井さんの遺体が発見される二週間ほど前、捜索のようすを木戸さんは窺っていたもよう」

高波は、声に出しながら便箋《びんせん》にやや乱暴な字を書いた。

横紙は黙りこくった。その顔は苦汁《くじゅう》をふくんだようだった。

「茶屋さんは、木戸さんにお会いになりますか？」

「いずれは。……その前に、知りたいことがあります。木戸修造さんと花枝さん兄妹の両親は、戸籍簿に記載されてない」

兄妹の生い立ちには、深い闇と沈黙が潜《ひそ》んでいそうである。

茶屋はエレベーターまで横紙と高波に送られた。ドアが閉まる直前、横紙は茶屋を恨むような目をした。彼の目の色の意味を、茶屋は喉に通して頭を下げた。

茶屋は、渋谷区の高級住宅街の一角にある水崎家の門の前に立った。インターホンに女性が、「しばらくお待ちください」と応えてから三分ばかりがすぎた。

新聞配達の若い男が、ポストに夕刊を差し込んで走り去った。

路面をわざと叩くような足音をさせる女性が通った。

門灯が点《つ》き、くぐり戸が開いて茶屋は招かれた。

庭の植木は亀のような恰好に刈り込まれていた。石灯籠《いしどうろう》があり、岩も据えられている。一般の住宅でないことは外から分かっていた。木造の家屋はどっしりとした二階建てだった。

髪に白いものの混じった女性に、応接間へ案内された。壁には白い猫を抱いた少女の絵が、年代物の額に収まっていた。ソファは黒の革張りだ。

六十代と思われる髪を薄紫色に染めた女性が入ってきて、

「水崎の家内でございます。ただいま主人がまいります」

といって腰を折った。彼女は白いシャツに光沢のある紺色のカーディガンを羽織《はお》っていた。水崎秀明の妻久美である。

小さな咳払《せきばら》いがして、白髪の男があらわれた。水崎秀明だった。

茶屋は名刺を渡した。並んで腰掛けた夫婦に、木戸修造のことを知りたくて訪ねたのだが、こちらがあまりにも立派な邸宅なので驚いているところだ、と正直に話した。水崎秀明の職業も知らなかったからだ。

茶屋は自己紹介をし、著書を一冊見せた。

「お名前だけは、存じ上げています」

久美がいった。

「私は、呉洋《ごよう》商事の役員をしています」

水崎がいった。呉洋商事は日本有数の総合商社で、資源開発に力点をおいていることは広く知られている。

「三年前、病気をしたもので、会社へは毎日出ておりません」

水崎は、おっとりと話した。目鼻立ちに毛並みのよさがあらわれている。

彼は、茶屋がなんのために木戸修造のことを知りたいのか、と訊いた。当然の質問だった。

茶屋は、週刊誌に日本の名川シリーズを連載しているので、その取材に黒部川沿いを探訪するつもりで、宇奈月温泉へいったくだりから話した。

黒部峡谷で殺人事件に遭遇したことを話すと、久美は身を乗り出すようにした。

人がめったに入ることのない深い谷の岩壁に、殺された男は宙吊りにされていたと話すと、彼女は前かがみにしていた上体を震わせた。

まったく表情を変えずに茶屋の話を聞いていた水崎だったが、

「その事件と、修造がどう関係があるんですか？」

と訊いた。

茶屋はそう訊かれるのを待っていたように、写真を三枚、夫婦の前へ置いた。

「修造だ」

水崎の表情が動いた。

「修造さんも、黒部へいっていたんですね」

久美は、茶屋が語った事件をすっかり忘れてしまったようないいかたをした。

「黒部峡谷で殺された被害者は、宇奈月温泉に住む美池須笑子さんという女性と交際していました。美池さんは三年前まで、立川市の福祉施設に勤めていました。三年半前の春、立川市内の公園で……」

「思い出しました」

そのつづきを話すな、というふうに水崎は顔の前へ手を挙げた。「思い出した」といったのは、須笑子の名にちがいない。

久美は、胸を押さえていた手を頬に当てた。養女だった花枝の事件が頭に蘇《よみがえ》ったのだろう。

茶屋が知りたいのは、木戸修造の妹花枝が、どういういきさつから水崎夫婦の養女になったのかである。

さっき茶屋を案内した女性が、紅茶を運んできた。夫婦は、カップから立ちのぼる湯気に目を落とし、しばらく口を利かなかった。

3

水崎秀明は数分のあいだ口を閉じていたが、木戸修造と花枝の生い立ちを語りはじめた。

——二十八年前。秋口の日暮れどき、杉並区の福祉事務所へ、薄いセーターを着た男の子が入ってきた。応対した職員にメモ用紙を差し出した。

それには「この子を育てていけなくなりました。どうかよろしくお願いいたします。木戸修造という名で、〇年〇月〇日生まれです」とあった。

職員は小さく叫び、上司を呼んだ。

生年月日に偽りがなければ、男の子は七歳だった。学校はどこかと訊くと、いっていないと答えた。彼は白いレジ袋を提げ、その中にはきちんとたたんだ下着が入っていた。何度も水をくぐった物だった。住所や両親の氏名を訊いたが、答えられなかった。

だが、「妹がいた」と話した。妹の名は「ハナちゃん」といって、「赤ちゃん」だと答えた。

　男の子がきて一時間ばかりすると、区内の病院から、「病院のベッドに女の子が置かれていた。紙おむつを入れた袋には、「この子をよろしくお願いいたします。名は花枝　○年○月○日生まれ」と書いたメモが入っていた」という連絡があった。

　福祉事務所では警察に知らせた。

　駆けつけた警官と職員は、男の子を車に乗せ、女の子が置かれていた病院へ走った。

「修造」と「花枝」の目鼻立ちはよく似ていた。男の子は、ベッドの上で泣いている女の子の手を握り、「ハナちゃん」と呼んで、背中を軽く叩いた。女の子は泣きやんだ。警官も、職員も、病院関係者も、二人を兄妹にちがいないと見て取った。

　二人を区内の施設に収容することを決め、「捨て子」をマスコミに発表し、あずけられる施設の所在地も報道してもらうことにした。

　修造の語る内容から、彼と花枝は母親との三人暮らしだったと判断した。住んでいた場所を特定するため、最寄り駅やバス停を訊いたが、覚えていないようだった。

　福祉事務所へはなにかに乗ってきたのかを訊いたところ、電車に乗ったと答えた。どのぐらいのあいだ電車に乗っていたかはよく分からないといった。

　住んでいたところの近くには、海か、川か、学校か、公園か、神社があったかも訊いてみた。すると修造は、近くに大きな川があり、川沿いには公園があった。しょっちゅう電車を見ていたし、ひっきりなしに自動車が通る道路が見えたと答えた。

彼の話を聞いた人たちは、都内に住んでいたのではないかと推測した。

修造が提げていたレジ袋も、花枝の紙おむつが入っていた袋も無印だった。

修造の下着を見ると、同じスーパーマーケットの印が付いているのが三着あった。そのスーパーは都内の二十数か所にある。

彼は、保育園にも幼稚園にもいったことがなかったといった。

女性警官が、彼に十二色のエンピツを与え、住んでいた建物を描くように促した。が、彼は、うなずきもしないし、エンピツを持とうともしなかった。

警官や福祉事務所職員は、一緒に遊んだ友だちは、と訊いたが、彼は首を横に振った。

修造が母親の名を答えられなかったことから、日ごろ、母親を名前で呼ぶ人が近くにいなかったものと解釈した。

置き去りにされた日のみ、花枝は病院にあずけられた。修造はべつの施設に収容された。

夕食をきれいに食べた修造は、母恋しさに泣くのではないかと職員はみていたのだが、彼は、「ハナちゃんのとこへいく」といいはじめた。花枝とべつのところにいたくないというのだった。

職員はまた、花枝のいる病院へ彼を連れていった。花枝は火がついたように泣いていた。その声を聞いた修造は病室へ走った。

彼は花枝を抱きしめた。看護師や職員の目の前で、彼は花枝のおむつを馴れた手つきで取り替えた。母親は働いていた。その間、彼は花枝のそばにいたのではないかと推測された。

その夜、修造は病室で、花枝と同じベッドに眠った。

職員に説得され、兄妹は杉並区内のべつべつの施設ですごすことになった。修造が持っていたメモによると、彼は学齢に達していた。したがって施設に近い小学校への入学を決めた。

彼はいつもなにかに耐えているようで、唇を噛んでは涙ぐむことがあった。母親に会いたがっているにちがいなかった。それと、日に何度かは、花枝のようすを気にかけ、「ハナちゃんのとこへいきたい」と訴えた。

職員は毎日、花枝のいる施設へ彼を連れていった。

二人のことが新聞各紙に載ると、反響があって、都内はもとより近県からも、「知っている兄妹ではないか」「二か月ばかり前、うちの家作を出ていった母子ではないか」「四人暮らしだったが、最近、子供二人の姿を見なくなった。もしかしたら」という問い合わせがあった。そういった人たちに修造と花枝を直に見てもらったが、別人だった。

修造は、平仮名を読めたし、書くこともできた。どうやら母親が教えたようだった。

小学校へ通いはじめて何日か経ったある日、修造は施設で、二階建てのアパートらしい建物を描いた。その造形のうまさに職員たちは舌を巻いた。七歳の子の絵とは思えなかった。職員たちは、彼が初めて絵を描いたのでないことを知った。屋根は青、壁は白、柱と窓枠は茶色に塗っていた。

彼には、七歳相応の素直さがなく、職員が絵をほめたのに、はにかみもせず、うれしそうな顔もしなかった。住んでいたところか、と訊いてもうなずかなかった。もしかしたら、自分が住んでいたところからしょっちゅう見ていた建物ではないか、と推測を語る職員もいた。

また何日かすると、風景を描いた。薄緑の丘陵《きゅうりょう》の上を、灰色の車体にオレンジ色のラインの通った連結電車が走っていた。五両も六両も連結しているのだから、都会かその近郊を往復する交通機関にちがいなかろうと判断された。日ごろ眺めていた風景か、という職員の質問にも彼は答えなかった。

修造に色エンピツを与えた女性警官は、「彼は、電車に乗って、この建物へ帰りたいのでは。そこへ帰れば、お母さんがいるのではないでしょうか」といった。

有力新聞が、修造の日常のもようを記事にし、彼が描いた風景画をカラーで掲載した。新聞を読んだ修造と花枝の親が、二人を引き取りにくるのを施設は期待したのだったが、反響は思いがけないかたちであらわれた。杉並区内に住む著名画家と、流行作家の著書の装丁を手がけているイラストレーターが、修造が描いた絵を直に見たいといって訪れた。七歳の男の子が描いた絵を見た画家は、「魂が宿っている」といい、イラストレーターは、「恐るべき才能」と、手放しだった。二人とも、修造が新たに絵を描いたら、また見にくるといって帰った。

それから数週間後、渋谷区に住む水崎夫婦が、画家から話を聞いたのだが、絵を描く天才少年に会いたい、といってあらわれた。夫婦は職員から、修造と花枝を保護した経緯をきき、修造に会った。そのあとべつの施設にいる花枝にも会った。

何日か後、夫婦はまた施設を訪ね、「兄妹の生育を支援したいし、妹を養女として自宅へ迎えたいが、どうか？」と申し出た。夫婦には子供がなかった。

区では協議し、木戸修造と花枝の戸籍を設けることにした。戸籍上の届出人には、修造が入居している施設の責任者がなった。

花枝は、水崎家の子になった。不安な顔をした修造に水崎夫婦は、「ハナちゃんに会いたくなったら、いつでもきなさい」といった。

水崎家では、花枝のために子育てを経験した女性を雇い入れた。

修造は、施設の職員に付添われて、たびたび水崎家の門をくぐった。金曜や土曜には、泊まっていくこともあった。

小学五年生になると、彼は単独で訪れるようになった。

中学生になると、かつて彼の絵を見て驚嘆の声を上げた画家のアトリエへ通いはじめた。

修造の作品を見て、「神童だ」と評した画商は一人や二人ではなかった。

高校生になった修造に画家は、芸大進学をすすめた。彼は師のすすめにしたがうつもりでいたようだが、画家の病死によって大学進学の意志を失《な》くした。

高校を卒業すると施設を出、水崎家の同居人となった。修造は毎日、花枝と一緒にいられるのをよろこんだ。

彼はイラストレーターの経営するデザイン事務所に就職した。そこで都市景観や建築物を描いた。

彼の描いた絵は、建設会社や不動産販売会社に採用されたし、東京近郊の自治体が街の再開発の想像画などを注文し、その画がテレビに映ったこともあった。木戸修造は二十歳にして、一流イラストレーターの仲間入りをはたしたのである。

水崎家に起居していたのはほぼ五年間。その間の彼の生活はきわめて不規則だった。酒を飲むようになり、明け方、帰宅することも一再でなく、夕方まで寝ていて、夜間に出掛けたきり、三、四日帰らないこともあった。

水崎夫婦も花枝も、彼の乱れているとしかみえない日常を非難した。彼は自分の不規則な生活を自覚していてか、誰からの忠告にも反抗しなかった。

二十三歳になると、水崎家に同居しているのが窮屈《きゅうくつ》になったのか、独り暮らしするといって出ていった。渋谷区内に部屋を借りたのだった。そのころの彼にはすでに充分な生活能力があった。

水崎家を出ていった彼だが、週に一度は予告なくやってきた。水崎夫婦を、「おじさん」「おばさん」と呼び、訪れるたびに花枝と夕食をともにした。

修造がイラストレーターとして独立したのは二十五のとき。彼はポスターや、街並の想像画よりも人物を描きたいといいはじめ、「理想では食っていけない」という経営者と意見が衝突した。

独立した彼は、出版社の文芸雑誌編集部に人物を描いた絵を送ったり、絵を持って訪ねた。彼の絵を手に取って、目を輝かせた編集者は何人もいた。「次の号に描いて」といった編集長もいた。

月刊誌に彼の挿し絵が載ると、何人かの小説家が編集部へ電話をよこした。「次の作品の挿し絵は木戸修造にしてもらいたい」といった作家もいた。

新聞社が発行する週刊誌編集部も、一年間連載予定の小説の挿し絵を依頼してきた。

彼は独り立ちして三年で、文芸出版の業界で知られる挿し絵画家となった。書籍の装丁も手がけ、その本がベストセラーにもなった――。

「私は、修造の仕事をじっと見ていましたが、彼のピークは二十六、七歳でした」

不幸にして早く咲きすぎたと水崎秀明は語った。

「修造に油絵を描かせた画商は何人もいます。どの作品も、高値ではないけど引き取られていきます。画廊に置けば売れるということでしょうが、買った人は、その絵を、自宅の応接間に飾ることはできないでしょう」

なぜか、と茶屋は首を傾げ、兄妹の軌跡を想像した。

「あなたは、修造が描いた絵をご覧になったんでしょ？」

「小説の挿し絵を……」

「修造の『人物』の油絵を見たある美術家が、『タイトルを付けるとしたら、「この世に別れを告げる直前のまなざし」この表情を描かせたら何人《なんぴと》もおよばないだろう』といったものです」

4

一方、花枝は、同じ母親の子かと疑うくらい修造とは性格が異なり、穏やかで、おっとりしていた。兄妹仲はよく、修造がはじめた登山についてはゆくが、山には登らず、山麓《さんろく》のホテルか温泉で彼の下山を待っていた。

彼女は中学から大学までを一貫校で卒《お》えた。大学では社会福祉を学び、ヨーロッパの施設見学に何度か渡航した。卒業後は、呉洋商事が資金援助している社会福祉法人に職員として勤めていた。

彼女は、これといった病気もせず、事故にも遭わず、人間関係のトラブルで悩んだりしたようすもなく成長した。水崎夫婦は、招待を受けたパーティーにはかならず花枝を伴い、会う人びとに、「娘です」と紹介した。

白石益男は呉洋商事社員で、秀明の秘書だった。水崎家へはたびたび出入りしていて、花枝と知り合っていた。

花枝が白石に好意を持っているのを、久美は見抜いていた。

水崎夫婦に、「花枝さんと結婚したい」と告げたのは白石のほうだった。花枝に異存のないのを養親である夫婦は確かめた。白石家と水崎家は席を設けて話し合い、二人の結婚への手順を決めた。

水崎夫婦は、白石には勿論《もちろん》のこと、彼の両親に、花枝を養女にしたいきさつを話した。白石家は、はじめとまどったようだが、了解したと返事してきた。花枝には変わり者の兄がいることも話し、両家の家族は、修造をまじえてレストランで食事した。

結婚披露宴は都内の有名ホテルで催され、約二百人の賓客《ひんかく》に祝福された。そのとき花枝は二十三歳だった。礼装ははじめてという修造に、黒の上下とワイシャツは窮屈そうに見えた。

修造にはこの儀式がよほどうれしかったとみえ、当日の夜は水崎家に寄り、花枝をここまで育ててくれた礼を、夫婦の前に正座して述べた。

「お前は花枝の兄だ。私たちにとっては息子と同じだ。水崎家にとっても、花枝のためにも、恥ずかしくない人間になってくれ」

秀明は修造にそういった。

花枝は結婚一年後、女の子を産んだ。

修造は花枝を病院に見舞った。赤ん坊をじっと見ていた彼は、花枝が生まれたときのことを覚えている、と久美の耳にささやいた。

「病院で生まれたのね？」久美が訊くと、アパートの部屋だったと思うと答えた。それは夕方のことで、母の知り合いだったらしいおばあさんが、お産に立ち会ったといった。久美はその話を聞き、彼のいう「おばあさん」は、母の親ではなかったかと推測した。

修造と花枝の親は、名乗りでなかったし、彼らがあずけられていた施設に親と思われる人からの問い合わせもなかった。修造は、自分たちを捨てた親のことをどう思っているのか、水崎夫婦にも話したことはなかった。

修造と花枝は、二か月おきぐらいには会っていた。二人は連絡し合って、水崎家で会うこともあった。彼は、花枝の産んだ女の子を見るたびに二十数年前を思い出しているようだった。

花枝の娘奈緒が二歳になった。

水崎家の庭にサクラの花びらが舞い込んでいた日の夕方、会社にいる秀明から久美に電話があった。立川市内の公園において花枝が事故に遭って怪我をし、奈緒とともに病院に収容されたという連絡が、警察からあったといわれた。腰を抜かした久美は、しばらく立ち上がれなかった。

白石からも電話があり、秀明と一緒に立川市の病院へ向かっているといわれた。

ようやく久美はわれに返り、タクシーを拾った。

花枝は死亡していた。公園で変質者に襲われ、病院へ搬送中に死亡したのだと聞かされた。

気を取り直した久美が、修造と電話をすることができたのは夜だった。彼は酒を飲んでいて、訳の分からないことをただ喚《わめ》いていた。

花枝の遺体は立川署へ移された。

日付が変わる直前、顔面蒼白《そうはく》で目の据わった男が署の入口に立ち、「ここに妹がいるらしいが、どこだ」と大声を上げた。まともに立っていられないくらい酔っていた。

署員は白石に電話し、「妹に会わせろと喚いている男がいるが、心当たりはあるか」と訊いた。

白石はタクシーで署へ駆けつけた。来客用のソファにすわって、上体を揺らしている修造を見ると、「兄さん」といって床に両手を突いた。

白石は修造を自宅へ連れ帰った。そこには白石の両親がいた。修造は、「やあ」といっただけで、隣室を開けた。泣き腫《は》らし、疲れはてた奈緒が眠っていた。彼は、折れるように床に膝を突くと、「ハナちゃん」と呼んで奈緒を抱き上げ、狂ったような声で泣いた。酔ってはいたが、事態を呑み込んでいたようだった。

次の日、立川署で花枝の遺体と対面した修造は、拳《こぶし》を固く握り、唇を噛み、音のするような大粒な涙を床に落とした。

花枝の葬儀のあと、水崎夫婦は修造を火葬場へいかせなかった。灰になった彼女を見せられないという親心からだった。

「花枝さんが不幸な目に遭われてからの修造さんは、どんなふうですか?」

茶屋は、水崎夫婦に訊いた。

「ここへくる回数が減りました。半年に一度ぐらいかしら」

久美が答えた。

「こちらへいらっしゃったとき、花枝さんの悔みごとをお話しになりますか？」

「いいえ。わたしたちもできるだけ口にしないことにしています」

「最近、修造さんのことを、訊きにきた人はいませんか？」

「訪ねてきた人はいませんけど、『木戸修造さんは、いまどちらにお住まいでしょうか』と、電話で訊かれたことがあります」

「いつですか、それは？」

「五、六日前でした」

「男性ですか、女性ですか？」

「女の方でした」

「どういう関係かを、お訊きになりましたか？」

「訊きましたら、『以前、木戸さんと親しくしていた者』とおっしゃいました。わたしは、親しくなさっていた方なら、そのうち修造が連絡するでしょ、といって、いまの住所は教えませんでした」

茶屋と久美の会話を黙ってきいていた水崎だったが、

「茶屋さん、外でちょっと飲《や》りましょう。いきつけのすし屋がありますので」

といって立ち上がった。妻の耳には入れたくない話がありそうだった。

料亭風の灯りを点けているすし屋へは、歩いて五分とかからなかった。

カウンターに顔を赤くした客が三人いた。水崎は奥を指差した。瘦せぎすの女将が小走りに出てきて、彼に頭を下げ、小座敷の障子を開けた。

「ここへは、修造も花枝も、数えきれないほどきています」

「静かな、いいお店で」

「最近はめったに飲まなくなりましたが、今夜は日本酒を飲《や》りませんか?」

「いただきます」

二人は、九谷焼《くたにやき》の銚子《ちょうし》で注ぎ合った。

「茶屋さんには、五、六日前、修造の現住所を家内に電話で訊いた女性が、誰だったのかの見当がついているんでしょうね?」

茶屋は盃《さかずき》を置いてうなずいた。

「黒部峡谷で、親しくしていた男性を殺された女性ですね?」

水崎の顔は、苦い物を飲んだようにゆがんだ。

「彼女は、以前交際していた彼を多摩川で殺されています。その事件は、花枝さんが不幸な目に遭われた半年後に起きています」

茶屋は多摩川の事件を知ったとき、花枝の夫の白石益男を疑った。花枝が暴漢に襲われたさい、美池須笑子はすぐ近くにいた。それなのになんら凶行を妨害する手を打とうとしなかった。その結果、花枝は死亡した。だから無傷の須笑子が憎い——そういう思いを抱きつづければ、須笑子の人生を狂わせてやりたいという異常心理が働くのではないか、と茶屋はみて、白石に疑惑を持った。

だが、白石の日常をかいま見て、多摩川の事件にも、黒部峡谷の事件にも、彼はかかわっていないだろうと、それまでの疑いを解いた。

それには、宇奈月温泉の冬本亜季の記憶がものをいった。

彼女は、父親とともに貫井雅英の捜索に参加していた。そのさい彼女らのあとを、つかずはなれずしていた男がいた。行方不明になった貫井の関係者ではなかった。

捜索に参加していた新聞社のカメラマンが、山中に恋人の足跡を求めて歩く須笑子を、撮っていないはずはないと茶屋は気づいた。この思いつきはずばり当たっていて、亜季が不審を抱いた男はカメラに収められていた。

その男が木戸修造で、殺された花枝の兄だった。

木戸は、貫井の行方をさがす須笑子のあとを尾《つ》けていただけでなく、彼女の母親が入居している老人ホームの近くへも立ち寄っていた。茶屋が推測するに木戸は、須笑子の自宅付近で、彼女の母親さち江がいる老人ホームの所在を聞き込んだにちがいない。さち江のようすがどんなかを観察するのが目的だったのか、それとも危害を加えようとしていたのだろうか。

はないか。

その前に木戸は、黒部の暗い谷を歩いている須笑子の細い首に、手を掛けたかったので
しかし捜索に参加した人たちは、彼女を囲むようにしていた。だから木戸は、彼女に接近することができずにいた。

「茶屋さん」

水崎は、火が飛び込んだような赤い目をした。「三年前の多摩川の事件も、黒部峡谷の事件も、修造が起こしたことにまちがいないでしょうか？」

「木戸さんのほかに、犯人は考えられません。証拠は、黒部峡谷にいた写真、それから木戸さんには登山とロッククライミングの経験があります。職業は自由業。何日ものあいだ、黒部の事件現場付近にいることが可能だった人です」

水崎は、悪夢のただなかをさまよっているように苦しげだった。

「茶屋さんは、修造にお会いになりますか？」

そのつもりだと茶屋が答えると、沈痛で恨めしげな目をしてから俯《うつむ》いた。それは「小説光彩」の横紙が、別れぎわに一瞬見せた目の色に似ていた。

木戸の親代わりだった水崎夫婦にも、彼の才能を認めている美術界や出版社の人たちにも、茶屋が恨まれているようで後ろ暗い気がした。

ことがあった。

5

住宅街のすし屋を出て水崎秀明と別れると、事務所へ向かいかけたが、はっと気づいたことがあった。

茶屋は電車を武蔵小金井《むさしこがねい》で降りた。駅前の交番で訊いた道をたどった。有名なスーパーマーケットの横を抜けると、道路は急に暗くなった。勤め帰りらしい人たちが足早に暗がりに吸い込まれていった。その人数が角を曲がるたびに減った。

スーパーから五、六分歩くと、マンションが多くなった。

マンションにはさまれて、肩身のせまい思いをしているような二階建てアパートもある。

「小説光彩」の高波が書いてくれた木戸修造の住所は五階建てマンションだった。付近では壁の白さが目立っている。ここの二階に木戸修造は住んでいるはずである。玄関ドアが道路側を向いている造りだ。

一階の郵便受けで「木戸」の表札を認めた。大型の封筒が差し込まれ、端がのぞいている。配達された物がポストに入っているところをみると、木戸は不在なのか。

このマンションの前の道路は、車がやっとすれちがえるぐらいの幅である。マンションの出入口と向き合うようにして、古そうな民家があり、その家の両側は二階建てのアパートだ。二棟ともその家の家作だと分かった。アパートの半数ぐらいの窓に灯りが点いている。

灯りのないどこかの部屋に、美池須笑子が息を殺して、正面のマンションを見張っているような気がした。

彼女には、貫井雅英が殺されたと知った瞬間、三年前に会津貴年が多摩川で他殺体で発見された事件が、頭に蘇ったにちがいない。会津と貫井は、何者かに恨まれていたのではない。

「恨まれていたのはわたしであって、わたしに愛する人がいることが憎まれている。だから犯人はわたしをかぎりなく苦しめ、恐怖感を与えるため、親しくしている相手を殺すのだ」と気づいた。犯人は木戸修造。彼以外の者の犯行は考えられないと確信した。

彼女が自宅を発った目的は、木戸修造に会って、犯行を追及するためだった。それとも恋人を二人も殺した彼への復讐を、実行するための上京だったとも考えられる。

須笑子と木戸は面識があるだろうか。彼女は花枝の葬儀に参列したというが、故人の親族の席にいただろう木戸の顔を、まともに見ているだろうか。見たとしても、記憶できるほどの時間ではなかったと思われる。

ところが木戸のほうは、須笑子の顔も容姿も目に焼きつけていたのではないか。なにしろ花枝が暴漢に襲われている現場に居合わせた人間である。花枝がどんな声を上げ、どんなふうに娘をかばい、どんな恰好で、どのくらいのあいだ首を絞められていたのかを、数メートルの近さから目撃していた可能性のある人間なのだ。

だから彼は、黒部峡谷を歩く彼女を観察し、スキを窺って尾けていたようでもある。

木戸は、貫井を絞殺したあと、たぶん用意していた登攀用具によって、岩壁に吊《つる》したのだろう。それそのものも異常行為であるが、彼は、恋人の行方をさがし歩く須笑子の姿を、観察したくなったのではないか。岩壁に宙吊りにしておいた被害者が、どんなふうに発見され、それを須笑子が見たとしたら、どんな声を上げ、髪を振り乱して泣き叫ぶか、卒倒《そっとう》するか、泡立つ流れに飛び込むかを、つぶさに見たいという衝動に突き動かされていたのかもしれない。

須笑子のほうはたぶん、木戸が尾けているのを知らなかっただろう。まさか貫井が殺されたとは考えなかったのではないか。山に不案内な彼のことだから、危険を顧《かえり》みず、けものみちにでも入り込んでの遭難とみていただろう。

須笑子ははじめ、茶屋と同じで、会津と貫井殺しは、花枝の夫白石の犯行ではと疑ったのではないか。だが白石の日常を知って、彼への疑惑はまちがいだったと気づいた。

花枝が死んで哀しむ人は何人もいるだろうが、その恨みを晴らそうとする人間はかぎられている。

そう考えるうち、須笑子の頭に大写しになったのが、花枝の兄の木戸修造だった。彼を疑った須笑子は、なんらかの方法で木戸が渋谷区恵比寿のマンションに住んでいるのを知った。そこをそっと窺ったところ、彼は転居していた。転居先をマンションの家主に尋ねたが分からないといわれた。

だが彼女は、木戸の現住所を摑む方法を思いついた。彼の職業を知っていたからだ。書店で文芸雑誌を見て、彼の挿し絵を載せている出版社に、現住所を問い合わせたのだろう。

茶屋は、二棟のアパートにはさまれている民家の玄関に声を掛けようとした。と、きょうは頭から存在が消えていた寅松が電話をよこした。メールでなく電話は、緊急の場合である。

「今晩は、先生。たったいま、須笑子さんが帰ってきました」

「彼女が……」

茶屋は拍子抜けしたような気になったが、べつの考えが土用《どよう》さなかの入道雲のように盛り上がった。

「須笑子さんは、どこへいっていたか、訊きましたか？」

「東京、といっただけで、あしたゆっくり話すといって、帰ってしまいました」

「どんな顔つきでしたか？」

「いくらか疲れているようでしたが、べつに。……いつもと同じように化粧けのない顔でした」

「全身を、よく見ましたか？」

「全身を、よくっていわれると……。どうしてですか？」

「手足に怪我《けが》をしているようでは？」

「いいえ」

彼女は、冬本家の玄関で、留守を詫《わ》び、母を見舞ってくれたことの礼をいって、去ったという。

こと女性に関しては経験豊富な寅松だが、肝心なところを見落としていなかったかと、茶屋は疑った。

茶屋は木戸修造に電話を掛けた。応答がない。彼は踵《きびす》を返し、マンションの二階へ駆け昇った。ドアの横のインターホンを押したが、やはり応答はない。ノブをまわしたが施《せ》錠《じょう》されていた。

茶屋は胴震いした。顔面は蒼白になっている気がした。

美池須笑子は、目的をはたしたのだ。恋人だった二人を殺された復讐を終え、帰宅したのだろう。だから寅松に多くを語らなかったのだ。いや、正直に話すことなどできなかったにちがいない。

道路へもどった。自分に、落ち着けといい聞かせた。

水崎夫婦の顔が浮かんだ。やはり親代わりの夫婦には知らせておくべきだろう。

深夜ではあるが、電話した。寝《やす》んでいたらしく、呼び出し音が十回近く鳴って、かすれ声の久美が受話器を上げた。

「木戸さんのケータイの番号をご存じですか?」

茶屋は訊いた。

「控えてありますが、なにか?」

「掛けてみていただけませんか。私は、五分後、あらためて電話します。いえ、私のケータイの番号を……」

「なにか、心配なことでも?」

「はい」

久美は、修造のケータイに掛けてみるといって切った。

五、六分後、久美が掛けてよこした。

「修造さんの電話は通じませんでした。自宅のほうへも掛けましたけど、同じです。心配なこととは、どんなことなのですか?」

茶屋は返答に窮《きゅう》した。住まいの部屋で血を流して倒れているだろうなどと、見てもいないのにいうわけにはいかなかった。茶屋の恐れていることが現実なら、木戸は何時間も前に事切れているはずだ。

茶屋は、あらためて連絡すると久美にいって電話を切った。

水崎夫婦は起き上がって、「修造の身に異変でも起きたのでは」と話し合い、今夜は眠れなくなるのではなかろうか。

茶屋は事務所のソファで、首まで毛布を引き上げて横になった。目を閉じたが、いつまで経っても眠気はさしてこなかった。彼は、須笑子を東京へ発たせたことを後悔した。彼女は警察で事情を聴かれた。その日に、家を出てゆくことなど誰ひとり想像しなかったろう。

須笑子は温順そうな顔立ちだが、思い立ったらすぐに行動するタイプなのか。しかしそれは、命がけの行動だったはずである。

茶屋は起き上がった。［お腹がすいたらどうぞ］というハルマキのメモを思い出した。冷蔵庫の上にサンドイッチがラップされていた。

サヨコとハルマキ宛に［黒部へもどる］とメッセージを置き、夜明けとともに羽田へ走った。六時五十分発の富山便に乗る。

空港で熱いコーヒーを飲んだところで、目黒の弁当屋に勤めている弥矢子のことが気になった。彼は何日ものあいだ、彼女と連絡を取っていなかった。彼女は彼の多忙を承知しているから、めったに電話もメールもよこさない。

彼は久しぶりに弥矢子に宛て長いメールを打った。黒部から帰ったのだが、重大事件が起きているにちがいないことが分かり、そのためいまから黒部へ向かう、と書いた。彼のいう重大事件とはなんなのか、彼女には見当もつかないだろう。

十分と経たないうちに、弥矢子から返信があった。

［わたしを忘れずに、朝早くからメールありがとうございます。

仕事が終わって、お休みが取れたら、近場の温泉へでも連れてってください。

先生がお帰りになるのを、わたしは毎日、亀のように首を伸ばして待ってます」

首を長くして、いまかいまかと待ちわびる譬《たと》えは、「亀」ではなく、「鶴」ではなかったか。

定刻を五分ほど遅れて飛びたった飛行機の窓に、朝陽を浴びた富士が映った。二日前、里は雨だったが、富士は新雪を重ねたようだ。

富山空港は神通川の河川敷にある。関東地方は晴れの予報だったが、富山市の空は重苦しい灰色をしていた。

空港から寅松に電話し、きょうは須笑子を釘付けにしておいてもらいたい、と伝えた。

6

黒部市宇奈月の美池須笑子の自宅には、寅松と亜季が上がり込んでいた。茶屋にいわれたからか、父娘は須笑子を見張るようにあぐらをかいて向かい合っていた。寅松の前に置かれた灰皿には吸い殻がいくつも入っていた。

「茶屋先生にまで、いろいろご心配をお掛けして、申し訳ありませんでした」

須笑子は畳に両手を突いた。

彼女は、茶色と緑色の花を散らした手編みのセーターを着ていた。目の縁はいくぶん腫《は》れぼったいが、どこにも怪我を負っているようすはない。

「ゆうべ私は、小金井市の木戸修造さんの住まいを訪ねました。ドアは施錠されていたし、電話も通じなかった。それで私は、あなたが何日間も外出するのを、引きとめられなかったことを後悔しました。木戸さんの部屋のドアに手を掛けた瞬間、しまった、遅かったと、歯ぎしりしたものです」

茶屋の顔をじっと見ていた須笑子は、首を傾げた。彼のいっていることの意味が分からないという表情である。

茶屋をはさんですわっている寅松も亜季も、同じような顔つきをした。

茶屋は、自分が落ち着きを失くしているのに気づいた。

「貫井さんが殺害されたのを知ったとき、あなたには、犯人が誰なのかの目星がつきましたね？」

彼は順序だてて質問することにした。

須笑子はあらためて、茶屋を見る目に力を込めたようだったが、小さくうなずいた。

「えっ、犯人の見当が、ついたのか？」

寅松は、胸にタバコの灰をこぼした。

「白石花枝さんの兄の木戸修造さんの犯行だと、ピンときたんですね？」

その質問にも彼女はうなずいた。

どんな点から木戸を疑ったのかを、茶屋は訊いた。

須笑子は呼吸をととのえるように、背筋を伸ばした。

「多摩川で会津貴年さんの遺体が見つかり、殺されたと知ったとき、もしかしたら白石花枝さんのご主人が犯人ではないかと疑いました。白石さんは、奥さまの事件で、わたしを恨んでいらっしゃるのが分かっていましたので」

——彼女は、会津が殺された日の白石益男のアリバイをそっと調べた。彼の同僚の話で、当日の彼は、夜まで会社にいたことが分かった。では犯人は誰かと、思いをめぐらしていた。警察では、会津の勤務先だった病院の人間関係と、彼の交友関係に重点をおいて捜査しているらしかった。

　そのうち立川市の福祉施設の同僚から、ときどき施設を窺っているような男を何回か見掛けたという話を聞いた。「美池さんは、誰かにあとを尾けられているようだ」と注意してくれた同僚もいた。それは白石花枝の事件のあとのことである。

　自分のようすを窺ったり、帰宅のあとを尾ける男がいるとすると、それは誰なのかをしょっちゅう考えていた。

　思い当たったのは、花枝の身内だった。

　須笑子はある筋から、花枝に兄がいるのを知った。氏名も年齢も分かった。木戸修造である。彼と同僚が見掛けたという男と年齢が近かった。

　木戸の職業も分かった。彼が自分に恨みを抱いていても、それは不思議なことではないと思った。だが、自分と親しくしている男性を殺すような人間かどうかまで知ることは不可能だった。たとえ木戸の性格に凶暴な面があるとしても、会津を殺害したという証拠を挙げることはできそうもなかった。

　会津の事件後、何回も青梅署へ呼ばれたし、刑事の訪問を受け、会津殺しの犯人の心当たりを訊かれたが、須笑子は首を横に振りつづけていた。会津の過去をすべて知っていたわけではなかったし、彼が勤務先の病院の看護師と親密な関係にあったことなど、刑事から聞くまで知らなかった。刑事はそれ以外にも、会津の過去の女性関係を摑んだといっていた。

彼は過去の女性関係にケリをつけないまま須笑子と親しくなり、「ぼくにとってはこの世に二人といないパートナーだ」といっていた。

刑事から何度も何度も、会津の過去を聞いていると、警察の見方はまちがっていないと信じるようになった。

須笑子は立川から黒部へ帰った。母から福祉施設への勤務をすすめられたが、白石花枝の事件が目の裡《うら》から消えず、口実をつくって峡谷鉄道のアルバイトを選んだ。

交際をはじめて一年あまりの貫井雅英が殺された。

絞殺後、山具を用いて岩壁に宙吊りにされていたと聞いたとたん、めまいを覚えた。三年近く前に摑んだ木戸修造の身辺データのなかの、「趣味は登山」が頭に蘇った。犯行が、会津の場合と酷似しているように思われた。

黒部署で、遺体の状態の説明を受けると、須笑子は居ても立ってもいられなくなった――。

「あなたは、木戸さんが住んでいた、恵比寿のマンションへいきましたね?」

「はい」

木戸はそこから転居していた。彼女は転居先を家主に尋ねたが、分からないといわれた。

「あなたは木戸さんの現在の住所を摑んだ。そこをどうやって知ったんですか？」

木戸がイラストレーターで、たびたび文芸雑誌に挿し絵を描いているのを知っていた。それで書店に入り、文芸雑誌を繰《く》った。朝波出版が発行している雑誌の小説に、彼の絵が載っていた。それは、垂直の岩壁にクモのように取りついている男の絵だった。

その雑誌の編集部に架空の出版社名を告げて、現住所を聞き出した。

「あなたは、木戸さんの現住所を摑んだ。彼が住んでいる小金井市のマンションの正面には、アパートが二軒ある。アパートの家主に交渉して、部屋を借りましたね？」

「先生は、そこまで……」

彼女はそういったが、顔色は変わらない。

茶屋は、アパートの家主に当たったわけではないが、須笑子が何日も帰宅しなかった点から、木戸の出入りを張り込んでいたことが推測できたのである。

須笑子はアパートの家主を訪ね、空き部屋があったら十日間貸してもらえないかと交渉した。家主は、彼女をじっと観察してから、二階の一室が空いているといって、彼女の希望を叶《かな》えてくれたという。

「その部屋から、木戸さんが住んでいる部屋の玄関が見えたんですね？」

「見えました」

「彼の出入りを確認しましたね？」

「何回か」

「彼の部屋へは、なんといって入ったんですか？」

「部屋へ？　いいえ、部屋には入りません」

「では、どこで？」

「マンションから歩いて五、六分のファミリーレストランです」

「ファミレス……。そこには人目があったでしょ？」

「お客さんが、入れ替わり、何人も」

「ファミレスで彼に会い、そのあと、その近くで、決行したんですね？」

「決行、とおっしゃいますと？」

「決まっているじゃないですか。人目のない暗がりで……」

「先生はなにか、勘ちがいなさって……。それともなにかを思い込んでいらっしゃるのではありませんか？」

須笑子は首をやや傾げ、彼の胸を刺すような表情をした。

彼女の鋭い視線を受け、彼はうろたえた。

「先生はわたしが、木戸さんに復讐でもしたと、思い込まれていらっしゃるのではありませんか？」

茶屋は顎を引いた。

いままで凍ったように動かなかった亜季が、横から茶屋の顔をのぞいた。まるで、「正気か」といわれているようだった。

寅松はタバコに火をつけた。

亜季は、お茶をいれるといって立っていった。

「貫井さんの殺されかたを警察で聞いたときは、茶屋先生のお察しどおりのことを考えました。なにしろわたしは、好きな人を二人も殺されたのですから。でも時間が経って気持ちが少し落ち着くと、わたしを苦しめようと、お付合いしている人を殺すのは、どんな人間なのかを知りたくなりました。それで小金井市のアパートの空き部屋で、木戸さんを観察することにしたのです。……わたしが見ているあいだ彼は、夕方、部屋を出ていき、深夜、足をふらつかせて帰ってきました。次の日はたぶん夕方まで起きられなかったのだと思います。その姿を見て、わたしは彼と面と向かって話そうという気持ちになったのです。……きのう木戸さんは、お昼少しすぎに部屋を出てきました。わたしは彼を追いかけて、声を掛けたのです」

木戸は、須笑子を見て驚き、しばらく口を利かなかった。

彼女が、「お食事しましょう」といって誘った。

レストランに入ると彼は、少し酒を飲んでよいかと断った。「お好きな物をどうぞ」と彼女がいうと、木戸は赤ワインを頼んだ。

向かい合った二人は、しばらくの間、呼吸をはかるようにしていたが、彼女が、単刀《たんとう》直入《ちょくにゅう》に、三年前の会津殺しと、九月の貫井殺しに触れ、「二件の殺人の犯人は、あなたのほかにいない」と切り込んだ。酔ったふりをしていい逃れをしそうな気がしたからだ。

木戸は、二、三十分、黙って飲みつづけていた。それは否認のつもりだろうとにらんでいたのだが、「いずれこういう日が……」彼は哀しげな目をした。「しかし、あなたが、独りでやってくるとは、思っていませんでした」

彼は、いつの日か刑事が訪れるのを想定していたようだった。

「木戸修造さんは、三年前、会津貴年さんを、九月には貫井雅英さんを殺害したことを、認めたんですね？」

茶屋が訊いた。

「わたしに、『あなたのいうとおりです』といいました」

「その動機については、なんと？」

「『花枝が殺された怒りと、悔しさの遣《や》り場が、あなたにしかなかったから』といわれました。木戸さんははじめ、わたしを傷つけようとしたそうで、立川市の施設を見張っていたということです。わたしの帰りを尾けて、自宅を知り、そこを見張った日もあったそうです。……そうするうち、わたしにお付き合いしている人がいるのを知ったのです。会津さんのことです」

――木戸は、須笑子も憎かったが、親しくしている男も憎くなった。それで、男に危害を加えたくなった。その衝動に突き動かされると、居ても立ってもいられなくなり、須笑子が男と会う機会を狙っていた。二人が、手をつないで歩いていたり、別れぎわに名残《なご》り惜しそうな表情をする彼女を見ると、その場で胴を真っ二つに断ち切ってやりたくもなった。その衝動を男に向けた。

恋人を殺されたあとの、須笑子のゆがんだ顔を想像した。日常生活も大きく変化するにちがいないと思うと、快感に血が噴き上がってきた。須笑子の苦しみなど、娘の目の前で殺された花枝の悔しさと哀しさに比べたら、毛先にもおよばないだろうと思った。

会津を殺して多摩川に投げ込んでから三年経った。郷里の宇奈月へ帰った須笑子の日常を覗《のぞ》きたくなった。郷里で彼女が充実した日々を送っているような気がした。

彼女の自宅を張り込み、外出を尾け、勤務先も、母親が老人ホームに入っていることも知った。

彼女には恋人がいた。木戸は彼女と親しくしている男を、またも標的にすることにした。ただ殺すだけでは気がすまなくなった。どうするかを考えるうち、黒部峡谷にふさわしい処刑を思いつき、ロープ、ハーケン、ハンマーを携行して、須笑子の独り住まいの自宅を監視していた。彼女が彼と会ったら彼を尾け、スキを窺うつもりでいた。

た。夜中に火をつけ、二人を丸焼きにしてやりたいくらいだった。

須笑子の彼が、小型リュックを背負ってやってきた。彼女の家に泊まることが分かった。

翌朝、二人は、峡谷鉄道に乗り、鐘釣で降りた。そこからハイキングに向かうらしい彼を、須笑子は手を振って見送った。そのときの二人は、まさか今生《こんじょう》の別れになることなど想像だにしなかったろう。

男は欅平までいくだろうと予想していたのだが、川沿いへ下った。どうやら冒険好きのようだった。発電所関係者しか入り込まないようなところを歩いていた。木戸にとっては好都合だった。彼は男に接近すると、「おれのいうとおりに歩け」と脅した。男は、突然あらわれた彼に腰を抜かしていた。木戸を、何者だとも尋ねなかった。

木戸は黒部川に注ぐ流れの谷底を歩かせた。薄霧の這《は》い昇る暗い谷に怯《おび》えたのか、男は振り返ると顔を引きつらせてすわり込んだ。木戸は山靴で、男の胸を思いきり蹴った。

「なぜ私が……」男はつぶやいたが、木戸は男を気絶させ、その首にロープを巻いて、一気に絞めた——。

須笑子は、貫井が処刑される場面を思い浮かべてか、両手で顔をおおった。

「ひどい」

亜季がつぶやいた。

「木戸って、なんていうやつなんだ」

寅松がタバコを灰皿に押し潰した。

「それから、あなたは？」

茶屋は須笑子を促した。

「警察へいっていただくことにしました」

「どこの？」

「小金井署です」

木戸に同行した須笑子は、刑事課で、「この人の話を聞いてください」といい、自分の身元を明らかにすると、帰途についたのだといった。

玄関の戸にやや手荒なノックがあり、男の声が、「美池さん」と呼んだ。

須笑子は声のしたほうへ顔を向けた。

「警察の者です」

茶屋には聞き覚えのある野太い声がそういった。

須笑子に促されて自首した木戸は、三年前の多摩川の事件と、九月の黒部峡谷の殺人を自白したにちがいない。二件の殺人を聞いた小金井署員は顔色を変え、警視庁青梅署と富山県警黒部署に連絡したのだろう。

チリ、チリ、チリと、茶屋のケータイがメールの着信を知らせた。ハルマキからだ。

「サヨコは「ハタビ」で、きょうはおやすみです。なにが起こって黒部へ引き返したのか、教えて。牧村さんも、「心配」っていってます」

著者注・この作品はフィクションであり、登場する人物および団体は、すべて実在するものといっさい関係ありません。

（この作品『黒部川殺人事件』は、平成十九年六月、小社より新書判として刊行されたものです。なお、本文中の地名なども当時のままとしてあります）

参考文献
『週刊にっぽん川紀行　黒部川』（学習研究社）

黒部川殺人事件

一〇〇字書評

切り取り線

購買動機（新聞、雑誌名を記入するか、あるいは○をつけてください）	
□（　　　　　　　　　　　　　）の広告を見て	
□（　　　　　　　　　　　　　）の書評を見て	
□ 知人のすすめで	□ タイトルに惹かれて
□ カバーがよかったから	□ 内容が面白そうだから
□ 好きな作家だから	□ 好きな分野の本だから

●最近、最も感銘を受けた作品名をお書きください

●あなたのお好きな作家名をお書きください

●その他、ご要望がありましたらお書きください

住所	〒				
氏名		職業		年齢	
Eメール	※携帯には配信できません	新刊情報等のメール配信を希望する・しない			

あなたにお願い

この本の感想を、編集部までお寄せいただけたらありがたく存じます。今後の企画の参考にさせていただきます。Eメールでも結構です。

いただいた「一〇〇字書評」は、新聞・雑誌等に紹介させていただくことがあります。その場合はお礼として特製図書カードを差し上げます。

前ページの原稿用紙に書評をお書きの上、切り取り、左記までお送り下さい。宛先の住所は不要です。

なお、ご記入いただいたお名前、ご住所等は、書評紹介の事前了解、謝礼のお届けのためだけに利用し、そのほかの目的のために利用することはありません。

〒一〇一-八七〇一
祥伝社文庫編集長　加藤　淳
☎〇三(三二六五)二〇八〇
bunko@shodensha.co.jp

祥伝社ホームページの「ブックレビュー」からも、書き込めます。
http://www.shodensha.co.jp/bookreview/

祥伝社文庫

上質のエンターテインメントを！　珠玉のエスプリを！

祥伝社文庫は創刊15周年を迎える2000年を機に、ここに新たな宣言をいたします。いつの世にも変わらない価値観、つまり「豊かな心」「深い知恵」「大きな楽しみ」に満ちた作品を厳選し、次代を拓く書下ろし作品を大胆に起用し、読者の皆様の心に響く文庫を目指します。どうぞご意見、ご希望を編集部までお寄せくださるよう、お願いいたします。

2000年1月1日　　　祥伝社文庫編集部

黒部《くろべ》川《がわ》殺人《さつじん》事件《じけん》　**立山《たてやま》アルペンルート**　長編旅情推理

平成22年2月20日　初版第1刷発行

著　者　梓《あずさ》　林《りん》太《た》郎《ろう》

発行者　竹内和芳

発行所　祥《しょう》伝《でん》社《しゃ》

東京都千代田区神田神保町 3-6-5
九段尚学ビル　〒101-8701
☎03(3265)2081(販売部)
☎03(3265)2080(編集部)
☎03(3265)3622(業務部)

印刷所　錦明印刷

製本所　関川製本

ISBN978-4-396-33550-2　C0193

祥伝社のホームページ・http://www.shodensha.co.jp/

祥伝社文庫

梓林太郎　回想・松本清張

昭和の巨人の意外な素顔とは？　二十年間作品のヒントを提供した著者がいま明かす、珠玉のエピソード

梓林太郎　信濃川連続殺人

恩人の不審死に端を発した連続怪事件。旅行作家茶屋次郎は信濃川から日本海の名湯岩室《いわむろ》温泉に飛んだ！

梓林太郎　千曲川殺人事件

千曲川沿いの温泉宿に茶屋の名を騙る男が投宿。さらにその偽物の滞在中に殺人が！　茶屋、調査に動く！

梓林太郎　四万十《しまんと》川　殺意の水面《みなも》

四万十川を訪れた茶屋は、地元の美女に案内され、ご満悦。だが翌日、彼女の死体が水面に浮かんだ！

梓林太郎　湿原に消えた女

「あの女の人生を、めちゃめちゃにしてやりたい」依頼人は会うなり言った。探偵岩波は札幌に飛んだが…

梓林太郎　筑後《ちくご》川　日田往還《ひたおうかん》の殺人

筑後川流域を取材中に、かつての恋人と再会した茶屋。だが彼女の夫は資産家殺人の容疑者となっていた。